高等学校日语教材

新大学日本語会話

新大学日本语会话

主审　蔡全胜

编著　王　妮　徐文智　李晓燕

大连理工大学出版社

图书在版编目(CIP)数据

新大学日本语会话／王妮,徐文智,李晓燕编著.
大连:大连理工大学出版社,2006.11
高等学校日语教材
ISBN 7-5611-3386-3

Ⅰ.新…　Ⅱ.①王…②徐…③李…　Ⅲ.日语—
口语—高等学校—教材　Ⅳ.H369.9

中国版本图书馆 CIP 数据核字(2006)第 134335 号

大连理工大学出版社出版
地址:大连市软件园路 80 号　邮政编码:116023
发行:0411-84708842　邮购:0411-84703636　传真:0411-84701466
E-mail:dutp@dutp.cn　URL:http://www.dutp.cn
大连理工印刷有限公司印刷　　大连理工大学出版社发行

幅面尺寸:185mm×260mm　　印张:12.75　　字数:277 千字
印数:1~6000
2006 年 11 月第 1 版　　　　2006 年 11 月第 1 次印刷

责任编辑:王佳玉　高　颖　　责任校对:岳晟婷　张　璠
封面设计:宋　蕾

定　价:25.80 元

前 言

　　本书是以初、中级日语学习者为对象编写的。大家在日语的学习中是否有过这样的经历呢？那就是想表达一种意思却不知如何表达，不清楚如何在不同的场合中，使用贴切的语言体现自己的修养并促进交流，或者对于对方过于口语的表达而感到无所适从……

　　语言的学习可以说几乎都是一样的，当你基本掌握了读、写、听后，你要面临的一个很重要的、也很艰难的问题就是如何用你自己的方式去表达和交流。我们常会碰到一些被称作"哑巴外语"或者"错误外语"等令人尴尬的口语状况。也就是说很多外语学习者还没有掌握如何开口去说或者如何根据不同的场面进行合理恰当表达的技巧和基本技能。本书在编写过程中，就是考虑到了这一会话学习方面存在的问题，所以在编写中尽量注重技能性和实用性。

　　本书由两部分构成：

　　第一部分是技能篇。在这里就日语会话中的一些基本技能和表现做了归纳和说明。它包括了如何配合对方说话、如何确认、如何表达自己的意思，如何拒绝等方面。并配合了大量的练习，使读者能在了解技巧后马上得以实践，增强对技巧的理解和熟练程度。

　　第二部分是实践篇。我们知道单纯的技能学习和实际中的具体运用是有差距的。包括编者本人，可以说很多日语学习者都有同样的感受：就是虽然学了很多年日语，但是在工作或者生活实践中运用时，还是屡屡碰壁。词汇面的受限、商务和社交礼仪知识的缺乏等都让我们在工作和生活中无法做到游刃有余。所以在实践篇中，编者主要是侧重于提高日语学习者的实际运用能力，设置了一些常见的不同场面，教给大家如何应对、如何表达，又有哪些需要注意的地方。在这一部分里还穿插了一些商务礼仪方面的知识，对大家的社交和就职，或者了解日本文化应该说会有一些帮助的。

　　由于时间仓促，笔者水平有限，难免有谬误之处，恳请广大读者批评指正。另外，本书在编写过程中，得到了北海道日中友好交流中心的冨山正司先生的指导和帮助，在此深表感谢！

编　者

2005 年 12 月

目 录

技能篇

第一課　会話を進める ……………………………………………… 1

第二課　話を切り出す ……………………………………………… 7

第三課　答える …………………………………………………… 12

第四課　反応を見ながら話す …………………………………… 17

第五課　あいづち ………………………………………………… 20

第六課　確かめる ………………………………………………… 27

第七課　主張を伝える …………………………………………… 32

第八課　お礼を言う/あやまる …………………………………… 37

第九課　文句を言う/断る ………………………………………… 42

第十課　申し出を断る …………………………………………… 47

第十一課　問いかける …………………………………………… 53

第十二課　伝言 …………………………………………………… 60

第十三課　勧誘 …………………………………………………… 65

第十四課　許可 …………………………………………………… 72

第十五課　確かな情報・不確かな情報 ………………………… 78

第十六課　依頼・指示 …………………………………………… 83

第十七課　文句 …………………………………………………… 89

第十八課　提案 …………………………………………………… 95

第十九課　感想 …………………………………………………… 101

練習の答え ……………………………………………………… 107

实践篇

第一課　面接……………………………………………………………… 114

第二課　電話……………………………………………………………… 119

第三課　来客……………………………………………………………… 123

第四課　打ち合わせ……………………………………………………… 127

第五課　アポイントを取る……………………………………………… 131

第六課　出迎え…………………………………………………………… 135

第七課　注文……………………………………………………………… 139

第八課　価格交渉………………………………………………………… 143

第九課　契約……………………………………………………………… 147

第十課　コミッション…………………………………………………… 152

第十一課　船積み………………………………………………………… 156

第十二課　見送り………………………………………………………… 161

第十三課　ツアーを予約する…………………………………………… 165

第十四課　ホテルの予約………………………………………………… 168

第十五課　チケットの予約……………………………………………… 172

第十六課　買い物………………………………………………………… 176

第十七課　チェックイン・チェックアウト ………………………… 180

第十八課　宴会…………………………………………………………… 184

練習問題…………………………………………………………………… 189

練習の答え………………………………………………………………… 194

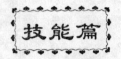

第一課　会話を進める

・会話を始める　　　・話題を変える　　　・会話を終える

会話1

（2人はいつ、どこで、何をすることにしましたか。）

雪子：田中さん、今忙しい?

田中：いや、別に。

雪子：今ちょっといい? 実はね、今度近くの神社でお祭りがあるんだけど…

田中：いつ?

雪子：今度の日曜日。それで、ちょっとお願いがあるの。

田中：何かな。

雪子：お祭りの時にね、飲み物を売るつもりなんで、手伝ってほしいの。

田中：え? 一日中?

雪子：ううん。朝一番に車で飲み物を運んでくれるだけでいいんだけど。

田中：それぐらいならできるよ。僕に任せといて。

雪子：じゃ、朝8時半に迎えに行くわ。

田中：よし。分かったよ。

雪子：じゃ、そういうことでね。

会話2

（この学生はどこで何年ぐらい働くつもりですか。）

先生：どうぞ。

学生：先生、今よろしいですか。

先生：こちらへ入って。ちょうど一休みしようと思っていたところだし…

学生：実は、ぼくベトナムに行くことになったんです。

先生：就職が決まったのかい？

学生：ええ、ホーチミンの日本語学校へ行くことになりまして…

先生：それは良かったじゃないか。おめでとう。何年間の予定だね？

学生：一応、1年間ということになっていますが、ぼくとしては3年間ぐらい行きたいと思っているんです。

先生：君ならきっといい仕事がやれると思うよ。

学生：話は変わりますが、先生は吉田さんをご存知ですよね。彼女は看護婦としてインドネシアへ行くそうですよ。

先生：そうか。皆が頑張ってるなあ。私も鼻が高いよ。

～～～～～～～～～ひとくちメモ～～～～～～～～～

1、相手の注意を引くときの言い方

＊丁寧な会話
あのー／もしもし／ちょっと
すみません

＊くだけた会話
ねえ／あのね
おい（主に男性が使う）

2、会話の糸口をつかむ時の言い方

＊丁寧な会話
ちょっとお話したいことがあるんですが…
ちょっとお伺いしますが…
ちょっとお願いがあるんですが…
お忙しいところすみませんが…
お仕事中すみませんが…
今いいでしょうか。

＊くだけた会話
ちょっと話があるんだけど…
ちょっと聞きたいんだけど…
お願いなんだけど…
忙しいところ悪いけど
仕事中、悪いんだけど
今ちょっといい？

3、話題に入る時の言い方

＊丁寧な会話
実は
さっそくですが
さて

＊くだけた会話
実はね
さっそくだけど

4、話題を変えるときの言い方

＊丁寧な会話
ところで
話は変わりますが／話がそれますが
話をもどしますが／先ほどの話ですが

＊くだけた会話
それはそうと
話は変わるけど／話がそれるけど
話をもどすと／さっきの話だけど

5、会話を終えるときの言い方

＊丁寧な会話
それでは、この辺で…
では、そういうことで…
では、そろそろ…
では、こんなところで…

＊くだけた会話
じゃ、この辺で…
じゃ、そういうことで…
じゃ、そろそろ…
じゃ、こんなとこで…

練　習

Ⅰ　右と左を結びなさい。

1、「今、忙しい?」　　　　　　　　　　a「ええ、いいけど」

2、「今ちょっといい?」　　　　　　　　b「何を?」

3、「今日はこの辺で」　　　　　　　　 c「いや、別に」

4、「ちょっと耳にしたんだけど」　　　　d「まだいいじゃありませんか」

Ⅱ　次の文を使って会話を作りなさい。

1、(会社で)

> A、悪いけど、またこんど。
>
> B、何だい? 何でも言ってみろよ。
>
> C、頼みがあるんだけど。
>
> D、金を貸してくれないか。

男 A「あのう、＿＿＿＿＿＿＿＿＿」

男 B「＿＿＿＿＿＿＿＿」

男 A「＿＿＿＿＿＿＿＿」

男 B「＿＿＿＿＿＿＿＿」

2、(電話で)

> A、こちらこそ。
>
> B、はい、何か?
>
> C、それはありがたいです。
>
> D、さっそくですが、例の件ですが。
>
> E、いつもお世話になっています。
>
> F、引き受けることにしました。

女「もしもし、吉田さんですか。」

男「はい、吉田ですが…」

女「田中です。＿＿＿＿＿＿＿＿」

男「いいえ、＿＿＿＿＿＿＿」

女「＿＿＿＿＿＿＿」

男「＿＿＿＿＿＿＿」

女「＿＿＿＿＿＿＿」

男「＿＿＿＿＿＿＿」

3、(レストランで)

> A、気をつけてな。
> B、じゃ、行くとするか。
> C、今日はここで。
> D、そろそろ…

女「もうこんな時間ね、＿＿＿＿＿＿＿＿＿。」

男「＿＿＿＿＿＿＿＿＿」

女「今日は楽しかったわ。」

男「家まで送ろうか」

女「大丈夫よ。＿＿＿＿＿＿＿＿＿」

男「それじゃ、＿＿＿＿＿＿＿＿＿」

Ⅲ 適当なものを選んで、その記号を書き入れなさい。

> A、一度お時間をとっていただきたいんですが…
> B、すみません。ちょっとお伺いしたいんですが…
> C、今いいでしょうか。お願いがあるんですが…

1、通行人 A「＿＿＿＿＿＿＿＿＿。」

通行人 B「はい、何か?」

通行人 A「市立図書館はどちらの方でしょうか。」

通行人 B「すみません。ぼくも知らないんです。」

2、学生「＿＿＿＿＿＿＿＿＿。」

先生「いいですよ。来週の水曜日の午後なんかどうですか。」

学生「お忙しいのにすみません。」

3、社員「＿＿＿＿＿＿＿＿＿。」

課長「はい、何だい?」

社員「休暇を一ヶ月ほどもらえないでしょうか。」

課長「どうしてそんなに休みが必要なんだい?」

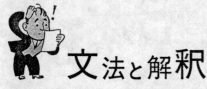 文法と解釈

1、それで、ちょっとお願いがあるの。／因此,有事要麻烦你。

　　这里的「の」是语气终助词,接续在用言连体形和部分助动词的连体形后。其意义和用法主要有以下几点:

（1）缓和断定的语气（女性用语）

　①これは吉田さんにもらったの。/这是从吉田那儿得到的。

　②あの人は行きそうもないの。/那个人没有要去的意思。

（2）表示疑问,读成上升音调

　①これは吉田さんにもらったの?/这是从吉田那儿得到的吗?

　②その店はどこなの?/那家店在哪儿?

（3）表示命令,发音往往加重

　①あなたは心配しないで、勉強だけしていればいいの。/你不用担心,只要好好学习就行了。

　②そんなに兄弟げんかばかりしていないの。/你们兄弟别老吵架。

2、僕に任せといて。/你就交给我吧(你就放心吧)。

　　「任せといて」是「任せておいて」的口语略音形式。在口语中,经常使用简短易说的形式。例如,「ている」和「ていく」中省去"i"音变成「てる」、「てく」。「ておく」省去"e"音变成「とく」。

　①買っておくよ。　　　　　→　買っとくよ。

　②掃除しておいてください。　→　掃除しといてください。

　③果物を買っておこうか。　　→　果物を買っとこうか。

3、ちょうど一休みしようと思っていたところだし。/我也正想休息一会儿来着。

　　「Vようと思う」表示说话人将要做某事的意志。「Vようと思っている」强调下决心以后一直保持的情形;「Vようと思います」表示说话时的判断和决心。否定形式「Vようとは思いません」表示强烈的否定意志。注意第三人称不能直接用此句型,往往用「Vようと思っている＋そうだ・ようだ・らしい」等形式。

　①私は子供のころからずっと医者になろうと思っていました。でも、今は考えが変わりました。/我从小的时候就一直想成为医生,但是现在想法改变了。

　②会社を辞めて、1年ぐらい留学しようと思っています。/我打算辞掉工作,去留学一年左右。

　③山田君は結婚しようと思っているそうです。/听说山田想要结婚。

　④この仕事は大切だから、アルバイトの人に頼もうとは思いません。/这项工作非常重要,因此不想交给打工的人。

4、一応、1年間ということになっていますが、ぼくとしては3年間ぐらい行きたいと思っているんです。/暂且定为1年,作为我来讲希望去3年。

　　「～として(は)」前接续名词,表示在某种立场、资格或名目下……

　①私は前に一度観光客として日本に来たことがある。/我曾经作为游客来过日本。

　②この問題について私としては特に意見はありません。/关于这个问题我没有什么意见。

③私は卒業論文のテーマとして資源の再利用の問題を取り上げることにした。/我决定选资源的再利用问题作为毕业论文的题目。

④今回の事故につきましては、会社側としてもできるだけの補償をさせていただきます。/关于这次的事故，从公司的角度来说，我们也将尽量做出补偿。

＊注:「～として」和「～にとって」相似，但是用法是不同的。「～にとって」的后面往往接续判断的句型;「～として」的后面往往接续表示动作的句子。

例:工場管理者にとって、工場内の事故は大きな責任問題です。

工場管理者として、彼は今回の事故の責任を取って辞職した。

5、先生は吉田さんをご存知ですよね。/老师,您知道吉田吧。

这句话是「先生は吉田さんを知っていますよね」的尊敬语表达方式。

新出単語

④決まり文句(きまりもんく)	(名)	固定的说法,套话
②滑らかだ(なめらかだ)	(形動)	细腻的,流畅的
③砕ける(くだける)	(自下一)	语言通俗,态度和蔼
②糸口(いとぐち)	(名)	开端,线索
②それる	(自下一)	偏离,走调
②戻す(もどす)	(他五)	返还,退回
①前後(ぜんご)	(名・自サ)	前后,颠倒
⑤一日中(いちにちじゅう)	(名)	成天,整天
⓪運ぶ(はこぶ)	(他五)	运送,搬运
③任せる(まかせる)	(他下一)	任凭,委托
②一休み(ひとやすみ)	(名・自サ)	休息一下
ホーチミン	(地名)	胡志明市
⓪一応(いちおう)	(副)	大致,暂且,姑且
⓪ご存知(ごぞんじ)	(名)	知道,了解(敬)

第二課　話を切り出す

・話題を切り出す　　・話を続ける

🔛会話1

（男の人は女の人にどんなことを頼みに来たのですか。）

男：お邪魔します。

女：どうぞこちらに。

男：ありがとうございます。で、さっそくですが…

女：はい、何でしょうか。

男：実はお願いありましてね。

女：どうぞご遠慮なく。

男：あの、実は私の娘が大学生になりまして…

女：それはよかったですね。

男：ところが、大学が遠いのでアパートを探しているんですが、なかなか見つからなくて…

女：そうですか。

男：それで、お宅にしばらく娘を泊めていただけないかと思いまして…

🔛会話2

（女の人はパソコンの学校へ行って、どんなコースを申し込みましたか。）

客　：ちょっとすみません。お聞きしたいんですが…

受付：はい、どのようなご用件でしょうか。

客　：パソコンの講習会に申し込みたいと思っているんですけど…

受付：いろいろなコースがございますが…お宅のパソコンはどんな機種でしょうか。

客　：実は、まだパソコンは買っていないんです。これから買うんですけど、その前に
　　　どんなものか知りたいと思ったもんですから。

受付：では、初心者用コースはいかがでしょう。土曜日と日曜日の二日間のコース

です。
客 ：料金はいくらぐらいかしら。
受付：1日1万円で、あとテキスト代が3千円ですが…
客 ：あ、そうですか。ちょっと、考えさせてください。
受付：それから、入門者のための無料コースもございますよ。日曜日の午後3時から5
　　　時半までなんですけど…
客 ：それがいいわね。じゃ、とりあえずそれを申し込むことにするわ。

～～～～～～～～～～～ひとくちメモ～～～～～～～～～～～～～

　話題を切り出すとき、「～けど…」「～が…」「～まして…」などの形を使うことが多
いです。文を最後まで言い切らないで、相手の反応を待ちます。相手の反応を見てか
ら会話を続けます。

～～～～～～ 練　習 ～～～～～～

I　右と左を結びなさい。

1、「ちょっとお伺いしたいんですが」　　　a「いかがでしたか」
2、「吉田課長からお電話があったんだけど」　b「はい、何でしょうか」
3、「先日久しぶりにボーリングをしましてね」　c「それはそれは」
4、「娘が結婚することになりましてね」　　d「何ておっしゃってた」

II　適当なものを選んで、その記号を書き入れなさい。

> 1. お願いがあるんですが…
> 2. 田中さんに聞いたんだけど
> 3. ちょっとお尋ねしますが
> 4. これ、内緒なんだけど

1、学生「＿＿＿＿＿＿＿＿。」
　　先生「はい、いいですよ。」
　　学生「あの、推薦状を書いていただきたいんですが…」
2、花子「＿＿＿＿＿＿＿＿。」
　　良子「大丈夫よ。絶対にだれにも言わないから…」
　　花子「あのね、私プロポーズされちゃった。」
3、佳子「＿＿＿＿＿＿＿＿。」
　　太郎「えっ? 何を?」
　　佳子「あなたってよっぱらうと歌を歌うんだってね。」
4、山本「＿＿＿＿＿＿＿＿。」

吉田「はい、何でしょうか。」
山本「新幹線の指定券はどこで手に入るんですか。」

Ⅲ　「～が」「～けど」などを使って次の会話を完成しなさい。
　　例　　「銀行で新しい口座を開く時」
　　客　　「あのう、すみません。預金口座を開きたいんですが…」
　　銀行員「ありがとうございます。お名前とご住所をここにご記入ください。」
1、（風邪で学校を休むので、朝、先生に電話する時）
　　学生「もしもし、山田先生をお願いしたいんですが…」
　　先生「はい、私ですが…」
　　学生「＿＿＿＿＿＿＿＿」
　　先生「それはいけませんね。お医者さんに見てもらったら?」
2、（財布を持ってくるのを忘れたので、友人にお金を貸してもらう時）
　　A「ちょっとお願いが＿＿＿＿＿＿＿＿」
　　B「何?」
　　A「＿＿＿＿＿＿＿＿」
　　B「いくらぐらい?」
3、（エアロビクスのクラブに入会する時）
　　希望者「＿＿＿＿＿＿＿＿」
　　事務者「ありがとうございます。入会金とともに3ヶ月分の会費を払っていただ
　　　　　くことになっているんですが…」
4、（書類に課長のはんこをもらう時）
　　田中「課長、＿＿＿＿＿＿＿＿」
　　課長「君、これは先に係長のはんこをもらいなさい」

Ⅳ　適当なものを選んでその記号を書き入れなさい。
　　| A 中学校のころ　Bアルバイト募集　C 契約　D 忘年会 |
1、課長「例の＿＿＿＿＿のことだけど…」
　　田中「はい、何か?」
　　課長「社長も出席なさるそうだから、しっかり頼むよ。」
2、不動産業者「お世話になります。」
　　客　　　　「いいえ、こちらこそよろしくお願いします。」
　　不動産業者「では、さっそく＿＿＿＿＿の件に移りますが…まずこの書類に目を
　　　　　　　通してくださいますか。」
3、A「すみません、＿＿＿＿＿のことで、ちょっとお聞きしたいんですが…」
　　B「はい、ただいま人事課の者と代わります。」
4、男「＿＿＿＿＿のことだけど…」

女「うん」

男「修学旅行で箱根に行ったときにね、迷子になってしまって…」

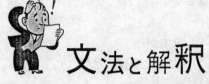

文法と解釈

1、お聞きしたいんですが…/请问……

这是一个自谦语的句型。其句子构成为「お＋動詞連用形＋する（いたす）」「ご＋漢語動詞語幹＋する（いたす）」。

持ちます　　　　　　　　→　　お持ちします

ちょっと聞きたいんですが　→　　ちょっとお伺いしたいんですが

案内します　　　　　　　→　　ご案内します

2、これから買うんですけど、その前にどんなものか知りたいと思ったもんですから。/我这就想买,但是买之前总该知道这是什么东西吧。

「～ものだから」「～もので」「～もの」往往用于表示说话人自我的主观原因时使用。接在连体修饰形后面。

①A「どうして遅刻したんですか。」/"为什么迟到了呢?"

　B「目覚まし時計がこわれていたものですから。」/"闹钟坏了。"

②今週は忙しかったもので、お返事するのがつい遅くなってしまいました。/这一周因为很忙,回信也就晚了。

3、考えさせてください。/让我考虑考虑。

「動詞の使役形＋てください」是客气地请求对方允许自己做某事的说法,多用于已经确信对方会允许的情况。

①すみません、ちょっとその新聞を私にも読ませてください。/对不起,请把那张报纸给我看一下。

②あとで取りに来ますから、ここにちょっとかばんを置かせてください。/过一会儿来取,请让我把书包放这儿一会。

③その仕事はぜひ私にさせてくださいませんか。/请一定让我来做那项工作。

4、とりあえずそれを申し込むことにするわ。/我就先报上名吧。

「とりあえず」含有两个意思:一是「急いで(赶忙,赶快)」的意思;一是「まず(暂时,姑且,首先)」的意思。在句子里经常两个意思兼带。

①とりあえず礼状を出しておいた。/我马上把感谢信发出去。

②とりあえず働かなければと思った。/我想必须得马上干活。

新出単語

⓪切り出す(きりだす)	(他五)	开口说
⓪反応(はんのう)	(名・自サ)	反应,反响
⓪講習会(こうしゅうかい)	(名)	讲习会
①②機種(きしゅ)	(名)	机种
②初心者(しょしんしゃ)	(名)	初学者,生手
①コース	(名)	路线,课程
①料金(りょうきん)	(名)	费用,手续费
⓪入門者(にゅうもんしゃ)	(名)	初学者
③⑤とりあえず	(副)	匆忙,立刻,首先
③⓪内緒(ないしょ)	(名)	秘密
③推薦状(すいせんじょう)	(名)	推荐书
②指定券(していけん)	(名)	对号票
⓪口座(こうざ)	(名)	户头
⓪預金(よきん)	(名・他サ)	存款
④エアロビクス	(名)	有氧健身运动
⓪会費(かいひ)	(名)	会费
③判子(はんこ)	(名)	戳子,印章
③アルバイト	(名・自サ)	业余劳动,勤工俭学
⓪募集(ぼしゅう)	(名・他サ)	招收,募集
①迷子(まいご)	(名)	迷路的孩子

第三課　答える

会話 1

（男の人は旅行社へ相談に行きました。どんな旅行をすることにしましたか。）

（旅行社で）

係員：いらっしゃいませ。どちらをご希望ですか。

山本：マレーシアあたりの小さな島でのんびりしたいと思ってるんだけど…

係員：じゃ、ランカウイ島なんかいかがでしょうか。

山本：直行便があるの？

係員：週に1便だけ飛んでおりますが…

山本：週に1便というと？

係員：毎週水曜の飛行機はまっすぐランカウイ島へまいります。

山本：じゃ、行きも帰りもそれを利用できるわけ？

係員：あいにく、お帰りは乗り換えていただくことになりますが…

山本：そうか、しかたないなあ。

係員：では、水曜出発の「4泊5日ランカウイ島の旅」でよろしいですね。

会話 2

（女の人がホテルに電話をかけています。何人でホテルに泊まるつもりですか。そのホテルを予約することができましたか。）

恭子：もしもし、宿泊の係りの方、お願いします。

係員：はい、私でございますが…

恭子：あのー、来週の土曜日にそちらで1泊したいんですが…

係員：何名様でしょうか。

恭子：3名です。主人と私と子供です。

係員：大人2名様、子供1名様ですね。少々お待ちくださいませ。

（少しあとで）お待たせいたしました。申し訳ございませんが、その日は予約がいっぱいになっておりまして…もしよろしかったら、キャンセル待ちを伺っておきますが…

恭子：じゃ、そうしていただこうかしら。

係員：では、お名前とお電話番号をお願いいたします。

~~~~~~~~~~~~~~~~~ひとくちメモ~~~~~~~~~~~~~~~~~

　相手の問いかけに丁寧に応対するときには、「～けど…」「～が…」などを使うことがよくあります。相手の問いに対して答えるだけでなく、そのほかにも手助けする気持ちがあることを示しています。

~~~~~~~~~~ 練　習 ~~~~~~~~~~

I　「～が」「～けど」などを使って次の会話を完成しなさい。

　　例　客　　「送金したいんだけど、何番の窓口?」
　　　　銀行員「5番の窓口でございますが…」

　1、乗客「電車の中に傘を忘れたんですが、こちらに届いていませんか。」
　　　駅員「＿＿＿＿＿＿＿＿＿。」
　　　乗客「よかったわ。大切にしてた傘だったの。」

　2、男　「このテープレコーダー、故障したんだが、修理できるかね。」
　　　店員「ちょっと見せてください。うーん、そうですねえ、＿＿＿＿＿＿＿＿。」
　　　男　「いくら高くたってぼくはかまわんよ。とにかく修理してほしいんだ。これが気に入ってるんだから。」

　3、課長「私の留守中にどこかから電話があったかね。」
　　　社員「＿＿＿＿＿＿＿＿＿。」
　　　課長「そうか。じゃ、すぐ部長のところへ伺うことにしよう。」

II　次の会話を完成しなさい。

　1、（友達の家に電話する）
　　　男「もしもし、白石さんのお宅でしょうか。」
　　　女「はい、＿＿＿＿＿＿＿＿＿。」
　　　男「武君、いらっしゃいますか。」
　　　女「＿＿＿＿＿＿＿＿けど…」
　　　男「じゃ、また後ほどお電話させていただきます。」

　2、（レストランに電話する）
　　　女客「〇〇レストランですか。今晩6時半に予約できるかしら。」
　　　店員「6時半はいっぱいなんですが、＿＿＿＿＿＿＿＿。」

女客「じゃ、7時にお願いするわ。窓際の席を取ってもらえる?」

店員「申し訳ございませんが、＿＿＿＿＿＿＿＿＿＿が…」

女客「じゃ、しかたがないわね。」

店員「＿＿＿＿＿＿＿＿＿。」

女客「禁煙席のほうをお願いします。」

3、(パソコン売り場で)

女 「このパソコン、おいくら?」

店員「15万7千円でございます。」

女 「もう少しお安くしてもらえない?」

店員「1割なら＿＿＿＿＿＿＿＿＿が…」

女 「故障したら、こちらの店で修理してくれるの?」

店員「ええ、1年以内なら無料で＿＿＿＿＿＿＿＿＿けど…」

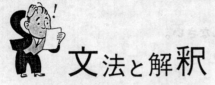 文法と解釈

1、週に1便だけ飛んでおりますが…/一周只飞一个航班。

　　这里的「飛んでおります」是「飛んでいます」的自谦语形式。「～ている」有若干用法,在此句子中是"动作、行为的反复"。另外,还有表示所属、职业、身份等用法。

①父は毎週2回テニスをしています。/爸爸每周打两次网球。

②私は毎年、富士山に登っています。/我每年都登富士山。

③今でも、戦争のため大勢の子供たちが死んでいます。/直到现在,仍有很多孩子死于战争。

④高さんはドイツの大学でヨーロッパの歴史を勉強しています。/小高在德国的大学学习欧洲历史。

⑤吉田さんは大学の教師をしています。/吉田是大学老师。

2、じゃ、行きも帰りもそれを利用できるわけ?/那么去和回来都可以利用那个航班吗?

　　「～わけです」表示从事实状况得出当然的结论。

①30ページの宿題だから、一日に3ページずつやれば10日で終わるわけです。/是30页的作业,因此每天做3页的话,10天就可以完成了。

②夜型の人間が増えてきたため、コンビニエンスストアがこれほど広がったわけです。/因为喜欢夜间活动的人多了,所以便利店才会如此增多。

　　「～わけがない」「～わけはない」是以客观事实为基础,说明不会出现某种情况。

①まだ習っていない問題を試験に出されても、できるわけがない。/试题中出现还没学过的问题,当然做不出。

②こんなに低温の夏なんだから、秋にできる米が美味しいわけがない。/因为夏天如此

低温,秋天产出的大米是不会好吃的。

「～わけではない」表示部分的否定。「～ないわけではない」则表示部分的肯定。应注意其语气的不同。

①学生時代、勉強ばかりしていたわけではない。よく旅行もした。/学生时代,并不是光学习,还经常去旅行了。

②結婚したくないわけではないが、今のところはまだ早い。/也不是不想结婚,但是现在还为时过早。

「～わけにはいかない」往往表达说话人想做某事,但是依据社会人的心理或道德等等难以去做的心情。

①明日は試験があるから、今日は遊んでいるわけにはいかない。/明天有考试,所以今天不能玩。

②資源問題が深刻になってきて、企業もこれを無視するわけにはいかなくなった。/资源问题变得严重起来,企业也不能无视这个问题了。

③その方は初めて日本に来るので空港まで迎えに行かないわけにはいかない。/那位客人是初次来日本,所以不能不去机场迎接。

3、あいにく、お帰りは乗り換えていただくことになりますが…/真不凑巧,回程需要让您中途转机。

「あいにく」指偶然出现的情况,多用于不好的事情,因此可以译为"不凑巧"、"不合时宜"。

①あいにく留守でした。/不凑巧没在家。

②あいにくの雨で、いけなかった。/因为这不合时宜的雨,没能去成。

4、では、お名前とお電話番号をお願いいたします。/那么请告诉我您的名字及电话号码。

　　这句话意思是「お名前とお電話番号を教えてください」,人们习惯在名词后直接用「お願いします」来表达,在口语中也可以省略掉格助词「を」,但中间要顿一下。类似的还有:

①李さんをお願いします。/请找小李接电话。

②この靴、お願いします。/我要这双鞋。

③その醤油、お願いします。/请把酱油递过来。

新出単語

◎応対(おうたい)　　　　（名・自サ）　　　　应对,接待
◎問い(とい)　　　　　　（名）　　　　　　　问题

②手助け(てだすけ)	(名)	帮忙,帮助
⓪示す(しめす)	(他五)	指示,表示
③直行便(ちょっこうびん)	(名)	直达航班
⓪宿泊(しゅくはく)	(名・自サ)	投宿,住宿
①キャンセル	(名・他サ)	解除,解约
⑤キャンセル待ち	(名)	候补(座位)
⓪夜型(よるがた)	(名)	夜猫子,喜好夜间活动的人
⓪低温(ていおん)	(名)	低温
⓪あいにく	(副・ダナノ)	不凑巧
⓪片道(かたみち)	(名)	单程
⓪往復(おうふく)	(名・自サ)	往返,来往
②スカーフ	(名)	丝巾,领结
⓪新色(しんしょく)	(名)	流行色
③ぴったり	(副ト・自サ)	恰巧,合适,紧紧地
⓪送金(そうきん)	(名・自サ)	汇款,寄钱
⓪後程(のちほど)	(副)	随后,过后
⓪窓際(まどぎわ)	(名)	临窗,靠窗

第四課　反応を見ながら話す

・相手の反応を確かめながら会話を進める

会話1

（お母さんは旅行に行く前に、子供に何を頼みましたか。）

母　　　：今日からお母さんは旅行に行くからね、お留守番、お願いね。

子（男）：大丈夫だよ。心配いらないよ。

母　　　：ワンちゃんのお世話も忘れないでね。

子（男）：えさをやればいいんだろ。

母　　　：えさは冷蔵庫の二段目に入れてあるからね、朝と晩の2回に分けてね、ちゃん
　　　　　とやるのよ。それからね、散歩にも連れて行ってやりなさい。それから、みん
　　　　　なの今晩のご飯はね、冷蔵庫の一番上に肉が入っているし、それに…

子（男）：いいからいいから。早くいってらっしゃい。

会話2

（学生は何を頼みましたか。どうするように言われましたか。）

学生　　：すみません。来週の水曜日に学生のミーティングをしたいと思っておりまし
　　　　　て…、それでどこか部屋をお借りしたいんですが…

事務員：じゃ、第2会議室を使ってください。

学生　　：その部屋には鍵がかかっているんですか。

事務員：ええ、かかっていますよ。でも、その鍵はね、ここにはないんですよ。だから、
　　　　　当日にね、1階の受付へ行ってね、鍵を貸してもらってください。ミーティング
　　　　　は何時までですか。

学生　　：4時半までの予定なんですが…

事務員：じゃ、4時半に終わったらね、また部屋に鍵をかけてね、そのかぎを受付に返し
　　　　　てください。受付は5時になったら、閉まってしまいますからね、必ずその前
　　　　　に返すようにしてくださいよ。

◆◆◆◆◆◆◆◆◆◆◆◆ひとくちメモ◆◆◆◆◆◆◆◆◆◆◆◆

　相手の反応を確かめながら会話を進めるために、ひとまとまりの言葉のあとに「ね」「な」「さ」などの語を入れます。またこれは日本語のリズムをとるためでもあります。ただし、あまりたくさん入れすぎるといい印象を与えませんから、注意してください。目上の人やあまり親しくない人と話す時には「～でしてね」「～ましてね」などの形になります。「ね」は男女ともに使うが、「な」は主に男性が使う。「さ」は男女ともによく使うが、日本全国的ではない。

練　習

Ⅰ　次のBの会話の適当なところに「ね」を入れて話しなさい。

1、男 A「飛行機の切符を安く手に入れたいんだけど…」

　　女 B「そうねえ…安く買いたいんなら4週間前までに予約するといいのよ。そうすると、4割引にしてくれるんだけど、キャンセルすることができないから、ちゃんと予定を決めてから申し込んだほうがいいね。」

2、女 A「ねえ、健康食品ってほんとに体にいいのかしら。」

　　男 B「このごろはいろんな健康食品が売り出されていて、ずいぶん多くの人が愛用しているようだけど、ほんとに体にいいのかどうかっていうと、どうも分からないみたいだよ。元気になるどころか反対に体を壊す人もいるそうだから、気をつけたほうがいいんじゃないかな。」

Ⅱ　適当なところに「ですね」を入れながら、話しなさい。

　ただいま、お年寄りの食事や風呂のお世話をしてくださるボランティアを探しているのですが、ご希望の方は市役所までおはがきでお申し込みください。はがきにはお名前ご住所とともに、ご都合のいい曜日と時間を書き込んでいただき、今月までにお申し込みください。

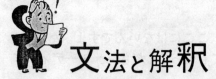

文法と解釈

1、えさは冷蔵庫の二段目に入れてある。／狗食放在冰箱的第二格。

　　「てある」前面接続他動詞的連用形，表示動作結果状態的持続，通常不強調動作執行人，只暗示因為某種目的或原因而做的該動作。

①駅の壁に、いろいろなポスターが貼ってあります。／在車站的墻上，貼着各種各様的海報。

②私はもう夏休みの計画書を作ってあります。/我已经做好了暑假的计划。

③林さんの持ち物には、みんな林さんの名前が書いてあります。/小林的东西上都写着他的名字。

2、必ずその前に返すようにしてくださいよ。/一定要在那之前给还回去。

　　「目的＋ように」。「ように」的前面不出现表示说话人意志的表现,而经常为可能动词、非意志动词和动词的否定形式。

①(誤)鳥の声が聞くように、窓を開けましょう。

　　(正)鳥の声が聞こえるように、窓を開けましょう。/为了能听见小鸟的歌声,把窗户打开吧!

②約束の時間を忘れないように、メモをします。/为了不忘记约好的时间,记下来。

③子供にも分かるように、やさしい言葉で話してください。/为了让孩子也明白,请你用简单的语言来讲。

新出単語

①リズム	(名)	节奏,韵律,格调
②分ける(わける)	(他下一)	分开,分配
①⓪ミーティング	(名)	集会,商谈会
①⓪当日(とうじつ)	(名)	当天,当日
②潜る(くぐる)	(自他五)	钻,潜水,钻空子
⓪海中(かいちゅう)	(名)	海里,海中
海中カメラ(かいちゅうカメラ)	(名)	海里用防水照相机
⓪愛用(あいよう)	(名・他サ)	爱用,喜用,惯用
⓪書き込む(かきこむ)	(他五)	填写,写入
⓪申し込む(もうしこむ)	(他五)	提出,报名,申请,预约

第五課　あいづち

会話1

（学生は先生のところへ相談に行って、何を頼みましたか。先生はどうして怒ったのですか。）

学生：あの…

先生：はい?

学生：来週の試験のことなんですけど…

先生：うん。

学生：アルバイトがありまして…

先生：そう。

学生：試験を受けられないもんで…

先生：それで?

学生：追試をお願いできないかと思いまして…

先生：君、大学の勉強とアルバイトと、どちらの方が大切だと思ってるんだね。

会話2

（女の人は体の調子が悪いので、相談に行きました。何の病気だと思いますか。）

カウンセラー：どうしました?

患者　　　　：どうもこのごろ調子が悪くて、頭がふらふらするんです。

カウンセラー：そうですか。

患者　　　　：心臓がどきどきして死ぬんじゃないかって思ったりして…

カウンセラー：それはいけませんね。

患者　　　　：そう思うと怖くてますます胸が苦しくなって…

カウンセラー：そうですか。

患者　　　　：昼間はまだいいんですけど、夜になると…

カウンセラー：もっと不安になるってわけですか。ところで内科のお医者さんには、診
　　　　　　　てもらったんですか。
患者　　　　：それがどこも悪くないって…わたし、どうしたらいいんでしょう。

~~~~~~~~~~~~~~~~~~~ひとくちメモ~~~~~~~~~~~~~~~~~~~

丁寧な会話で使うあいづち	くだけた会話で使うあいづち
はい／ええ	うん／ええ
そうですね	そうだね（男）
そうでしょうね	そうね（女）
そうですか	そうか
そうなんですか	そうなのか（男）そうなの（女）
そういうわけですか	そういうわけか
その通りですね	その通り
なるほど	なるほど
ほんとうですか	ほんと？
	へえ

~~~~~~~~~~~ 練　習 ~~~~~~~~~~~

Ⅰ あいづちの言葉や問いかけの言葉を入れなさい。

1、男：夏休みにハワイへ行きましてね。

　女：＿＿＿＿＿＿＿＿＿＿＿。

　男：楽しかったですよ。

　女：＿＿＿＿＿＿＿＿＿＿＿。

　男：泳いだり、ゴルフをしたりしまして…

　女：＿＿＿＿＿＿＿＿＿＿＿。

　男：あなたも行って見られたら？

　女：＿＿＿＿＿＿＿＿＿＿＿。お金さえあったらね。

2、男：おれの子供のころはね。

　女：＿＿＿＿＿＿＿＿＿＿＿？

　男：ぜんぜん勉強なんかしなかったよ。

　女：＿＿＿＿＿＿＿＿＿＿＿。

　男：それにね、勉強しろって言われたこともなかったしね。

　女：＿＿＿＿＿＿＿＿＿＿＿。

　男：でもさ、このごろの子供は小さい時から大変だね。

　女：＿＿＿＿＿＿＿＿＿＿＿。ピアノとかスイミングとか…

男:いい学校に入るために、塾にもいかなければならないしね。

女:＿＿＿＿＿＿＿＿＿＿＿。かわいそうよ。

3、女:昨日の晩ね、怖い夢を見たのよ。

　　男:＿＿＿＿＿＿＿＿＿＿＿。

　　女:悪い男の人に追いかけられてね、走っても走ってもついてくるの。

　　男:＿＿＿＿＿＿＿＿＿＿＿。

　　女:とうとうがけの上から海へ突き落とされたのよ。

　　男:＿＿＿＿＿＿＿＿＿＿＿?

　　女:そこで目が覚めたの。ほんとに怖かったわ。

4、女A:ディズニーランドへ遊びに行ったんだって? どうだった?

　　女B:楽しかったわ、とっても。

　　女A:＿＿＿＿＿＿＿＿＿＿＿。

　　女B:でも、人が多くてね。

　　女A:＿＿＿＿＿＿＿＿＿＿＿。

　　女B:何をするにも並ばなくちゃならないもんだから、疲れちゃったわ。

　　女A:＿＿＿＿＿＿＿＿＿＿＿。大変なんだね。

　　女B:朝早く入場して一日中遊んでいたから、たくさんお金を使ったし…

　　女A:＿＿＿＿＿＿＿＿＿＿＿。

　　女B:あっ、そうそう。これ、おみやげよ。

　　女A:うれしい。ありがとう。開けてもいい?

　　女B:どうぞ。

　　女A:わあ、かわいい。ミッキーマウスの人形!

Ⅱ 適当な方をを選びなさい。

1、子:お母さん、あのねえ、今日、学校でねえ。

　　母:(うん/そう)。

　　子:先生にほめられたんだよ。作文がよくできてたって。

　　母:へえ、(そうなの/そうね)。よかったじゃないの。

2、女:新しいアパートはどうですか。

　　男:なかなか快適ですよ。夜もぐっすり眠れますしね。

　　女:(そうですか/そうですね)。それは何よりです。

　　男:この値段で、こんないいところはないと思いますね。

　　女:(そうでしょうよ/そうでしょうね)。

3、女:今朝のことなんだけど、通勤電車の中でね。

　　男:(うん/へえ)。

　　女:満員だったんだけど、ちかんがいたの。

　　男:(うん/へえ)。

女:腕をつかんで、駅長室まで連れて行ったの。

男:(それで／そして)?

女:その男ったら泣きそうな顔をして謝ったの。

男:最低だな。

Ⅲ　適当なものを選んでその記号を書き入れなさい。

a、その通りだね	b、それはいいことだね
c、それはないだろ	d、何だい

妻:ねえ、あなた。私思うんですけどね。

夫:はあ。＿＿＿＿＿＿＿＿

妻:子供の間にできるだけいろいろな経験をしておくと…

夫:うん。

妻:豊かな人間になれるんじゃないかしら。

夫:＿＿＿＿＿＿＿＿＿。

妻:子供のための夏休みの外国旅行のプログラムがあるんだって。

夫:なるほど。＿＿＿＿＿＿＿。

妻:よかった。あなた賛成してくれるのね。じゃ、旅行申し込むことにするわ。

夫:おいおい。＿＿＿＿＿＿＿。うちの子、まだ歩いてもいないんだよ。

Ⅳ　適当なものを選んでその記号を書き入れなさい。

a、何なの	b、それはちょっと
c、どうだった	d、それはよかったわね

女:何かうれしそうね。いいことでもあったの?

男:そうなんだ。帰りに街の中で占い師に会ってね…

女:それで、そうしたの?

男:占ってもらったんだよ。

女:まあ、＿＿＿＿＿＿＿＿。

男:今週は運勢がいいから、何をしてもうまく行くって言うんだ。

女:あっ、そう。＿＿＿＿＿＿＿。

男:それで、ちょっと頼みがあるんだけど…

女:え、＿＿＿＿＿＿＿。

男:週末に競馬に行こうと思ってね、4、5万貸してくれないか。

女:＿＿＿＿＿＿＿。

男:絶対に勝つから、倍にして返すよ。

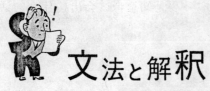

文法と解釈

1、死ぬんじゃないかって思ったりして…/甚至想自己会不会死……

「んじゃないか」是「(の)ではないか」的口语化形式,前接形容词或动词,如果接名词或形容动词为「なんじゃないか」。更加礼貌的说法是「んじゃありませんか」。

①明日はひょっとしたら雪なんじゃないか。雪雲が出てきたよ。/明天该不会下雪吧,天上可是有下雪预兆的云。

②あの人、野菜が嫌いなんじゃないか。こんなに食べ残しているよ。/那个人该不会是讨厌吃蔬菜吧,吃剩下这么多。

③あの子、寒いんじゃないかな。くしゃみしてるよ。/那孩子是不是冷啊,直打喷嚏。

④田中さんも来るじゃないか。鈴木さんが連れてくるって言ってたから。/田中也来吧,铃木说要带他来。

2、もっと不安になるってわけですか。/(晩上)就更担心了,是吗?

「ってわけだ」就是「わけだ」在表示「結論」「言い換え」「理由」等用法前加上「という」的形式。经常译成"所以"、"也就是说"、"正因为"等。

①イギリスとは時差が8時間あるから、日本が12時ならイギリスは4時(だ)というわけだ。/和英国的时差是8小时,日本现在是12点,所以英国应该是4点。

②彼女の父親は私の母の弟だ。つまり彼女と私はいとこ同士(だ)というわけだ。/她爸爸是我母亲的弟弟,也就是说她和我是表姐妹。

③「明日から温泉に行くんだ。」/明天去洗温泉。

「へえ、いいね。じゃ、仕事のことを忘れて命の洗濯ができるというわけだ。」/好啊,那么说可以忘却工作去陶冶一下情操喽。

④「田中さん、車買い替えたらしいよ。」/听说田中换车了。

「あ、そう。子供が生まれて前のが小さくなったってわけか。/是吗,因为孩子出生了,所以以前的车就觉得小了吧。

3、お金さえあったらね。/只要有钱……

「さえ…たら/…ば」是"只要……"的意思。表示"有……就足够了,其他都不需要或不是问题"的心情。同时要注意接续形式。

①あなたさえそばにいてくだされば、ほかには何もいりません。

あなたがそばにいてさえくだされば、ほかには何もいりません。

あなたがそばにいてくださりさえすれば、ほかには何もいりません。/只要(有)你在身边,别的什么都不需要。

②今度の試験で何が出るのかさえわかったらなあ。/要是知道考试会出些什么的话
　……

4、遊んでばっかりだったのね。/净玩了。

　　「…てばかりいる(だ)」表示事情的多次重复或总是处于某种状态,带有责备或批评
的语气。不可与「だけ」「のみ」置換。

①彼は寝てばかりいる。/他总是睡不够。

②遊んでばかりいないで、勉強しなさい。/别净是玩,(去)学习。

③食べてばかりいると太りますよ。/光是吃可是会胖的。

④母は朝から怒ってばかりいる。/妈妈从一大早就一直在发火。

新出単語

④⓪あいづち	(名)	帮腔,随声附和
⓪追試(ついし)	(名・他サ)	补考
①カランセラー	(名)	生活顾问,心理医生
①ふらふら	(名・ダナ・自サ)	蹒跚,摇晃
①どきどき	(副・自サ)	七上八下,忐忑不安
①⓪内科(ないか)	(名)	内科
②スイミング	(名)	游泳,浮水
④追いかける(おいかける)	(他下一)	追赶
④突き落とす(つきおとす)	(他五)	推下去,推落
⓪入場(にゅうじょう)	(名)	进场,入场
④ミッキーマウス	(名)	米老鼠
⓪行列(ぎょうれつ)	(名)	行列,队伍
⓪快適(かいてき)	(名・ダナ)	舒适,舒服
③ぐっすり	(副)	熟睡,睡的香甜
① 何より(なにより)	(副ノナ)	最好
⓪②痴漢(ちかん)	(名)	色情狂
②摑む(つかむ)	(他五)	抓,抓住
③謝る(あやまる)	(他五)	道歉
⓪最低(さいてい)	(名ナ)	最坏,最劣
③そっくり	(副ダナ)	一模一样
③人違い(ひとちがい)	(名・自他サ)	认错人

⓪心臓(しんぞう)	(名)	心脏
③苦しい(くるしい)	(形)	难受,痛苦
③占い師(うらないし)	(名)	占卜者,算卦先生
③プログラム	(名)	计划表,日程安排
①運勢(うんせい)	(名)	运气
⓪競馬(けいば)	(名)	赛马

第六課　確かめる

・電話番号を尋ねる　　・間違っていないかどうか確かめる

会話 1

（男の人は店で何を注文しましたか。それはいつできますか。いくらですか。）

店員：いらっしゃいませ。

男　：すみません。この写真、焼き増しお願いします。これ3枚とこれ3枚。

店員：ありがとうございます。このフィルムの12番と15番、それぞれ3枚ずつですね。

男　：ええ、そうです。

店員：MサイズとLサイズがございますが…

男　：値段は同じですか。

店員：普通はLサイズのほうがお高いんですが、今、特別セールをやっておりまして、そちらのほうがお安くなっています。20円です。

男　：それじゃ、Lサイズでお願いします。いつ出来上がりますか。

店員：あさっての5時です。

男　：10日の5時ですね。お店は何時までですか。

店員：7時までやっております。

会話 2

（男の人はどうして銀行の機械をうまく使えなかったのですか。）

客（男）：すみません。NHK料金を払い込みたいんですけど…

係員：キャッシュカードをお持ちですか。

客　：ええ。

係員：それなら、この機械をご利用ください。ボタンを押してください。

客　：ボタンってこれですか。2つ目のボタンですね。

係員：はい、それから、カードを入れて相手の番号を押してください。

客　：カードを入れてから番号を押すんですね。あれ？ できないよ。変だなあ。

係員：お客様、申し訳ございません。口座にお金がないようで…

〜〜〜〜〜〜〜〜〜〜〜〜〜〜〜ひとくちメモ〜〜〜〜〜〜〜〜〜〜〜〜〜〜〜

　「ね」は男女ともに使うが、「な」は主に男性が使う。ひとり言として女性が使うこともある。

〜〜〜〜〜〜〜〜〜　練　習　〜〜〜〜〜〜〜〜〜

I　あいづちの言葉や問いかけの言葉を入れなさい。

1、受付：いらっしゃいませ。

　　客　：今日、こちらのホテルを予約している中川ですが…

　　受付：中川様です＿。お待ちしておりました。お二人様です＿。815号室をおとりしてあります。

　　客　：八階です＿。どうもありがとう。

2、男：明日の晩、会える？

　　女：うん、いいけど。

　　男：じゃ、いつものところで。

　　女：カメラ屋の向かいの喫茶店＿。何時？

　　男：そうだなあ。6時ごろはどう？

　　女：6時＿。いいわよ。

3、女　：ピザを届けてほしいんですが…

　　店員：はい、ご注文をどうぞ。

　　女　：Lサイズのチーズピザを1枚とサラダ2つと…

　　店員：ピザを1枚とサラダ2つです＿。

　　女　：それから、オレンジジュース2本とデザートを2つ。

　　店員：ジュースとデザートを2つずつです＿。お名前とご住所をどうぞ。

　　女　：みどり町の2丁目24です。

　　店員：ああ、みどり銀行の寮のお隣です＿。

4、留学生A：日本語能力試験、申し込みたいんだけど、どこでお金、払うの？

　　留学生B：郵便局だよ。お金を払って、領収書をもらって、それを申込書に貼って…

　　留学生A：郵便局でお金を払えばいいんだ＿。

　　留学生B：うん、そう。それで申込書は書留で送らなくちゃいけないんだ。

　　留学生A：書留にするんだ＿。結構面倒なんだなあ。

　　留学生B：締め切りは15日だよ。

　　留学生A：15日っていうと、来週の水曜日だ＿。

5、泥棒A：分かった＿。いい＿。ここで見張っているんだぞ。誰か来たら、俺に知らせろよ。

泥棒B:分かったよ。お前こそドジを踏まないように＿＿。

Ⅱ 適当なものを選んで、その記号を書き入れなさい。

1、

> a、主人はまだ帰っておりませんが
>
> b、お電話いただけないでしょうか
>
> c、ご主人いらっしゃいますか　　　　d、お電話番号を伺えますか
>
> e、077－331－2674ですね　　　　f、077－331－2674です

男:もしもし、中川と申しますが、＿＿＿＿＿＿＿＿。

女:＿＿＿＿＿＿＿＿…

男:そうですか。では、ご主人がお帰りになったら、私の方へ＿＿＿＿＿＿＿＿。

女:はい、わかりました。＿＿＿＿＿＿＿＿。

男:＿＿＿＿＿＿＿＿。

女:＿＿＿＿＿＿＿＿。そのように伝えておきます。

2、

> a、それぞれ2つですね　　　　b、そうします
>
> c、ぬるんですね　　　　d、朝ご飯と晩ご飯の後ですね

薬剤師:鈴木さん、お薬ですよ。飲み薬が14日分出ています。朝晩2回、食後です。

患者　:＿＿＿＿＿＿＿＿。

薬剤師:ええ。赤い錠剤が2錠と黄色い錠剤が2錠です。

患者　:＿＿＿＿＿＿＿＿。

薬剤師:それから、こちらの袋には塗り薬が入っています。

患者　:＿＿＿＿＿＿＿＿。

薬剤師:お薬がなくなったら、また外来に来てください。

患者　:はい、＿＿＿＿＿＿＿＿。

3、

> a、またあとで　　　　b、2階の右だな
>
> c、南の方へ行くんだな　　　　d、駅の南にあるスーパーだな
>
> e、出ると右の方へ行くんだな

男A:もしもし、今お前の家の近くまで来てるんだけど。

男B:そうか。どのへん?

男A:今、スーパーの中の電話からかけてるんだが。

男B:＿＿＿＿＿＿＿＿。

男A:行き方を教えてくれたら、自分でいけるよ。

男B:スーパーを出て右へ100メートルほど行くんだ。

男A:＿＿＿＿＿＿＿＿。

男B:そうだ。交差点があるから、そこを南へまっすぐ向かってくれ。

男 A：_____。

男 B：うん、そうだ。グリーンハイツっていうところの2階の右端だ。

男 A：_____。

男 B：うん、そうだ。じゃ、_____。

Ⅲ 次の会話を完成しなさい。

男　　　：すみません。お金を送りたいんですが…

郵便局員：この用紙の表に住所、氏名、電話番号を書いて…

男　　　：_____ですね。

郵便局員：それから封をして…

男　　　：_____ですね。

郵便局員：その後で3ヵ所にはんこを押してください。

男　　　：_____けど…

郵便局員：それじゃ、サインでも結構です。

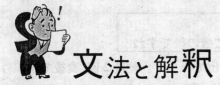

文法と解釈

1、申込書は書留で送らなくちゃいけないんだ。/申请书必须得用挂号邮递。

　　「…なくてはいけない/ならない/だめだ。」等表示做某事是一种义务或必要的。口语还经常采用「なく（っ）ちゃ」的形式，后文还可以省略。

①履歴書は自筆のものでなくてはいけない。/履历表需要亲手写。

②教師はどの生徒に対しても公正でなくてはならない。/教师对每个学生都必须平等对待。

③家族が住むには、もう少し広くなくてはだめだ。/要是一家人住，还得再大点儿。

④もっとまじめに勉強しなくちゃだめだよ。/不再认真点儿学习可不行。

⑤もう行かなくちゃ。/得走了。

2、キャッシュカードをお持ちですか。/您带现金卡了吗？

　　「お/ご…です」像「お/ご…になる」一样，是一种表示对谈话中涉及的人物表达敬意的句型，接动词连用形或表示动作的汉语词汇，但是能够使用的词几乎都是习惯性的用法。

①（ファストフードの店で）こちらでお召し上がりですか。/（在快餐店）您在这儿就餐吗？

②お宅のご主人は本社にご栄転だそうですね。/听说您丈夫调到了总公司？

③昨日は大阪にお泊りでしたか。/昨天您是住在大阪吗？

④今年の夏休みはどちらでお過ごしですか。/今年暑假打算在哪儿过呀？

⑤先生、お帰りですか。/老师,您回家?

⑥お出かけですか。/您出门?

3、この機械をご利用ください。/请使用这台机器。

　　「お…ください」接动词连用形表示对谈话中涉及人物的尊敬。表示婉转的请求或命令,汉语词汇使用「ご…ください」的形式。

①たいした料理ではございませんが、どうぞお召し上がりください。/没什么好吃的,请多吃点。

②少々お待ちください。/请稍候。

③ご家族によろしくお伝えください。/请向您的家人问好。

④どうぞごゆっくりご歓談ください。/请慢谈。

新出単語

⓪焼き増し(やきまし)	(名・他サ)	洗,加印
⑤特別セール(とくべつ)	(名)	特别甩卖,特价销售
⓪払い込む(はらいこむ)	(他五)	缴纳,交纳
④キャッシュカード	(名)	提款卡
⓪口座(こうざ)	(名)	户头
予約を取る	(連語)	预约,预订
①ピザ	(名)	比萨饼
②デザート	(名)	餐后点心,甜食
⓪⑤領収書(りょうしゅうしょ)	(名)	收据
⓪書留(かきとめ)	(名)	挂号信
⓪締め切り(しめきり)	(名)	截止时间
⓪見張る(みはる)	(他五)	监视,戒备
①ドジ	(名ナ)	失败,差错
⓪錠剤(じょうざい)	(名)	药丸,药片
③塗り薬(ぬりぐすり)	(名)	涂剂
⓪外来(がいらい)	(名)	门诊
③判子(はんこ)	(名)	印章
①封をする(ふう)	(連語)	封口
①ハイツ	(名)	公寓

第七課　主張を伝える

・自分の主張を伝える

会話 1

（女の人は何を知らなかったんですか。結局、どうすることにしましたか。）

男：もしもし、ここにバイクを止めないでください。

女：え？ 止めちゃ行けないの？ みんなよくここに止めてるのに。

男：ここはスーパーの駐車場ですよ。だから、スーパーが開いてる時間ならとめてもいいけど、開いてない時間にとめちゃいけないんですよ。買い物する人のための駐車場なんですからね。

女：あっ、そうなんですか。知らなかった。ごめんなさい。ところで、スーパーの開店時間は何時かしら。

男：スーパーは10時開店ですよ。まだ30分以上ありますよ。有料駐車場なら、駅前にありますけど…

女：そうね。30分も待ってられないものね。そっちを利用することにするわ。

会話 2

（同僚の田中さんと木村さんは仕事の後でバーへ行きました。木村さんは何を心配しているのですか。）

木村：おい、お前ビールの飲みすぎじゃないか？ 顔が真っ赤だよ。

田中：そんなことはないよ。木村も飲めよ。

木村：俺は車で来てるから、飲めないんだ。ウーロン茶、お代わりにもらうよ。

田中：俺はウィスキーにするよ。今日はどんどん飲むぞ。

　　　（しばらく後で）

木村：さあ、もう11時だよ。そろそろ帰るぞ。送ってくよ。

田中：まあまあ、そんなこと言うなよ。もう一軒行こう、行こう。

木村：俺たち、土曜日も仕事があるんだからな。そんなに飲むと、明日の仕事に差し支えるぞ。

~~~~~~~~~~~~~~~~~~~ひとくちメモ~~~~~~~~~~~~~~~~~~~

①「ぞ」は「よ」と同じように使うが、もっと強い語気を持ち、主に男性が友達または目下の人に対して使う。使う相手、状況によっては失礼な表現となることがあるので、注意したほうがよい。

②女性は「だ」を省いた形を使うことが多い。

　例　男:「元気だね」　　　　　女:「元気ね」

　　　男:「うん、元気だよ」　　女:「うん、元気よ」

~~~~~~~~~~~~ 練　習 ~~~~~~~~~~~~

I 次の会話を完成しなさい。

1、配達人:田中さーん、お荷物です＿。はんこお願いします。

　女　　　:はーい。サインでもいいかしら。

　配達人:ええ、結構です＿。

2、男:僕、アパート借りて一人住んでるんだ＿。

　女:一人暮らしだと食事の支度が大変ね。

　男:近くにコンビニがあるから平気だ＿。

3、おじ:たけし、一度、お見合いしてみないか。

　おい:僕はまだ二十歳になったばかりなんだ＿、おじさん。

　おじ:まあまあ、そんなこと言わないで、会うだけあってみろ＿。

4、母:けいこ、汚い部屋ね。たまには掃除しなさい＿。

　娘:わかってる、わかってる。そのうちにね。

5、男:今夜は星がきれいだなあ。

　女:そうね。とってもロマンチックな夜ね。

　男:あ、あそこにも星が見える＿。

　女:違うわよ。あれは飛行機の光＿。

6、女:昨日のコンサート、どうだった?

　男:もう最高だった＿。

　女:私も行きたかったんだけどね。用事ができちゃって…

　男:それは残念だったね。なかなかその歌手のコンサートには行けない＿。

　女:ほんとにいい声よね。

7、子:お父さん、このチョコレート食べてもいい?

　父:甘いもんばっかり食べてると、虫歯になる＿。

8、子:わあーい。温泉はやっぱり気持ちがいいなあ。

　父:こら! 泳いじゃだめだ＿。ここはプールじゃないんだから。

9、後輩:先輩、明日は何時に集合ですか。

　先輩:駅前に8時だ。遅れるんじゃない＿。遅れたやつはおいてくからな。

10、社員：すみません。遅くなってしまいまして…

　　課長：もう30分も遅刻だ＿＿。

　　社員：申し訳ございません。

　　課長：君のせいで契約がだめになってしまったじゃないか。

Ⅱ　右と左を結んで会話を作りなさい。

1、ごめんね。　　　　　　　　　a、いや、本気だよ。

2、冗談だろ？　　　　　　　　　b、もったいないよ。

3、これ、捨てようか。　　　　　c、まだ若すぎるよ。

4、僕、結婚しようかな。　　　　d、気にしてないよ。

Ⅲ　適当なものを選んで、正しい形にして書き入れなさい。

言う　　待つ　　休む　　使う　　考え直す

1、女：足が疲れちゃったわ。もう二時間も歩いてるのよ。＿＿＿＿＿＿＿＿＿よ。

　　男：じゃ、この辺で一服しようか。

2、女：細かいのある？　電話掛けたいんだけど…

　　男：じゃ、このテレホンカード＿＿＿＿＿＿＿＿＿よ。

3、学生：僕、東大の大学院に入りたいんです。

　　先生：え？　就職が決まってたんじゃなかったか。もう一度＿＿＿＿＿＿＿＿＿よ。

4、母：さあ、出かけるわよ。早く用意しなさい。

　　子：お母さん、僕を置いていかないで。＿＿＿＿＿＿＿＿＿＿よ。

5、女A：あのね、これ、内緒の話なんだけど…。実はねえ、…。

　　女B：えっ？　ほんと？　びっくりした。

　　女A：このこと絶対に誰にも＿＿＿＿＿＿＿＿＿よ。

Ⅳ　適当なものを選んで、その記号を書き入れなさい。

a、なんでもないよ　　　　b、どうしようかな
c、うんざりだよ　　　　　d、よくあることさ

1、学生A：明日もまた試験だね。いやになっちゃう。

　　学生B：そうだな。ほんとにもう＿＿＿＿＿＿＿＿＿＿。

　　学生A：早く終わってほしいなあ。

2、女：どうしたの？　頭から血が出てるじゃない。

　　男：＿＿＿＿＿＿＿＿＿＿。これぐらい。

　　女：ほんとに大丈夫なの？

3、弟：お兄ちゃん、お願いだから、1万円貸してよ。

　　兄：そんなこと言ったって、僕も金がないんだよ。

　　弟：困ったなあ。＿＿＿＿＿＿＿＿＿＿。

4、男A：昨日の野球の試合、見た？ せっかくのチャンス逃しちゃってまた負けたよなあ。

　　男B：＿＿＿＿＿＿＿＿＿＿。今に始まったことじゃないよなあ。

　　男A：それもそうだけど…

V 「よ」か「ね」のどちらかを入れなさい。

1、A：もしもし、落ちました（　　　）、スカーフが。

　　B：あ、どうもどうも…

2、客　：ミックスピザ二枚、届けてほしいんですけど…

　　店員：お名前お願いします。

　　客　：田中です。

　　店員：ああ、二丁目の田中さんです（　　　）。すぐお届けします。

3、男：怒るな（　　　）。僕が悪かった。あやまる（　　　）。

　　女：もう二度とほかの女の人とデートしちゃいや（　　　）。

　　男：わかった、わかった。

4、男：今日は停電でエレベーターが使えないのか。困ったなあ。

　　女：お宅は何階ですか。

　　男：うちは10階なんです（　　　）。

　　女：じゃ、階段を上がるのが大変です（　　　）。

5、祖父：昔はこの川に魚がたくさん住んでいたんだ（　　　）。

　　孫　：おじいちゃんが子供のころは自然がいっぱいあったんだ（　　　）。

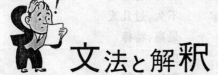

文法と解釈

1、一人暮らしだと食事の支度が大変ね。/要是一个人过，做饭太费劲了。

　　「…だと」是由判断助动词「だ」+接续助词「と」构成。更加礼貌的说法是「…です
と」。表示要以前面的事情为转机后面的事情才能成立的关系。

①あまり生活が便利だと、人は不精になる。/生活太方便，人就变懒了。

②だって、制服の警察官だと、つい信用してしまうもの、誰だって。/可如果是穿着制服
　　的警察，无论是谁都会不由得就很信任他。

2、そんなこと言わないで、会うだけ会ってみろよ。/别说那样的话，先见见面看看再说嘛。

　　「…だけ…て」前后使用同一动词，表示只做某动作，而应该做的却没有做的意思。

①彼女は文句を言うだけ言って何も手伝ってくれない。/净在那儿发牢骚，也不过来伸
　　把手。

②彼は飲むだけ飲んで会費を払わずに帰ってしまった。/他只顾喝酒，也不交会费就回
　　家了。

③言いたいことだけ言ってさっさと出ていった。/说了想说的,匆匆的就走了。

④今どうしているか様子が分からないから、手紙を出すだけ出して返事を待とう。/现在什么样子也不清楚,信姑且发了,就等回音吧。

3、分かってる、分かってる。そのうちにね。/知道,知道,我尽快。

　「そのうち」表示"就快…"、"尽快…"等意思,是口语表现形式,书面语有「いずれ」。也经常使用「そのうちに」的形式。

①木村さんはそのうち来ると思います。/木村就快来了。

②そのうち雨もやむだろうから、そうしたらでかけよう。/雨马上就要停了,一停就出发。

③あんなに毎日遅くまで仕事していたら、そのうち過労で倒れるんじゃないだろうか。/每天都工作到这么晚,不久身体就会因为过于劳累而垮掉的。

④「またいっしょに食事に行こうよ。/改天再一起吃饭啊。

　「ええ、そのうちにね。」/行啊,最近吧。

新出単語

⓪有料(ゆうりょう)	(名)	收费
⓪差し支える(さしつかえる)	(自下一)	妨碍,有影响
⓪そのうち	(名)	不久,过几天
⓪最高(さいこう)	(名)	最高,特棒
⓪虫歯(むしば)	(名)	虫牙
⓪契約(けいやく)	(名・他サ)	契约,合同
⓪本気(ほんき)	(名・ダナ)	真的,认真
⑤考え直す(かんがえなおす)	(他五)	重新考虑,另打主意
⑤もったいない	(形)	可惜,浪费
⓪一服(いっぷく)	(名・自サ)	歇一会儿
⑤テレホンカード	(名)	电话卡
⓪東大(とうだい)	(名)	东京大学
②逃す(のがす)	(他五)	放过,错过
⓪うんざり	(名・副・自サ)	厌烦,厌腻
②スカーフ	(名)	女用围巾或披肩
⓪ミックス	(名・他サ)	混合,搀和
⓪停電(ていでん)	(名・自サ)	停电

第八課　お礼を言う/あやまる

・お世話になった人にお礼を言う
・感謝や謝罪の気持ちをもっと丁寧に表す

☺☺会話1

（新幹線の中で、女の人は男の人に声を掛けられました。それはどうしてですか。
　男の人の指定席はどこですか。女の人の指定席はどこですか。）

男：もしもし、ここ、私の席なんですが…

女：えっ？　ここは私の席のはずですよ。ここに切符もありますよ。ほら、12Bでしょ？

男：ここは3号車ですよ。あなたの切符は4号車じゃありませんか。

女：あっ、ほんとだわ。うっかりしておりまして…

男：いいえ、どういたしまして。

女：すぐに4号車へ移動しますから。

　（女は席を立つ）

男：あっ、痛い。足が…

女：ごめんなさい。踏んでしまいまして…申し訳ございません。

☺☺会話2

（男の人は何のために電話を掛けましたか。）

男：もしもし、山田さんのお宅でしょうか。

女：はい、そうですが…

男：私、留学生の林と申しますが…

女：あいにく、主人は出張しておりまして…

男：このたびは山田さんにすっかりお世話になりまして…

女：そうですか。何のお役にも立てませんで…

男：いいえ、おかげさまで新しい仕事が決まりました。

女：それはよかったですね。ご就職おめでとうございます。

男:つきましては、一度私のアパートへおいでくださいませんか。お口に合うかどうか
　分かりませんが、私の手料理でも召し上がっていただきたいと存じまして…

女:そうですか。ありがとうございます。主人が戻りましたら、そのように伝えておき
　ます。

～～～～～～～～～～～ひとくちメモ～～～～～～～～～～～～～

1、お礼を言うときの言い方
　①いつもお世話になりまして…
　②まことに結構なものをいただきまして…
　③先日はすっかりごちそうになりまして…
　④遠いところをわざわざお越しくださいまして…
　⑤留守中にお電話をいただきましたそうで…

2、謝るときの言い方
　①電車の事故で遅くなりまして…
　②夜分遅くお邪魔いたしまして…
　③すっかりご無沙汰いたしておりまして…
　④ご迷惑をおかけしましたそうで…
　⑤入院なさっていたそうですね。ちっとも知りませんで…

～～～～～～～ 練 習 ～～～～～～～

I　例のように言い換えなさい。
　例:素敵なプレゼントをいただきました/ありがとうございます
　　　→　素敵なプレゼントをいただきまして…

　1、本日はパーティーにお招きいただきました/ありがたく存じます
　　　→

　2、課長に昇進なさったそうですね/おめでとうございます
　　　→

　3、せっかく来てくださったのにお構いもできませんでした/申し訳ございませんで
　　　した
　　　→

　4、日本へ来たばかりで分からないことばかりです/よろしくお願いします
　　　→

　5、先日は酔っ払ってご迷惑を掛けたそうです/すみません
　　　→

Ⅱ　適当なものを選んでその記号を書き入れなさい。

> a、いけません　　　　　　　　b、ご無沙汰しております
> c、お世話になっております
> d、お越しいただいて、ありがとうございます
> e、ご相談したいことがありまして

1、女：いつもお世話になりまして…
　　男：いいえ、こちらこそ＿＿＿＿＿＿＿＿。

2、女：留守中にお電話をいただいたそうで…
　　男：実は＿＿＿＿＿＿＿＿。

3、女：本日は新築祝いにご招待いただきまして…
　　男：わざわざ遠いところを＿＿＿＿＿＿＿＿。

4、男：すっかりご無沙汰いたしまして…
　　女：いいえ、私の方こそ＿＿＿＿＿＿＿＿。

5、男A：どうして昨日の会議にいらっしゃらなかったんですか。
　　男B：このところ風邪を引いておりまして…
　　男A：それは＿＿＿＿＿＿＿＿ね。

Ⅲ　（　　）には次のどれを入れることができますか。適当なものの記号を書き入れなさい。

> a、おめでとうございます　　　b、ありがとうございます
> c、申し訳ございません
> d、何も分かりませんが、よろしくお願いします

1、勝手なお願いをいたしまして…（　　　　　）
2、お忙しい中、お時間をとっていただきまして…（　　　　　）
3、このたびは就職がお決まりになったそうで…（　　　　　）
4、このアパートに引っ越してきたばかりでして…（　　　　　）

Ⅳ　適当なものを選んでその記号を書き入れなさい。

> a、おかげさまで　　　　　b、お粗末さまでした
> c、ご苦労様　　　　　　　d、久しぶりですね
> e、気がつきませんで

1、女A：先日はすっかりごちそうになりまして…
　　女B：いいえ、＿＿＿＿＿＿＿＿。

2、先生：＿＿＿＿＿＿＿＿。
　　学生：すっかりご無沙汰しておりまして…
　　先生：日本語能力試験の1級に合格したそうですね。
　　学生：はい、＿＿＿＿＿＿＿＿。

3、男A：すみませんが、ちょっと灰皿を貸してもらえますか。

男B：どうもどうも。_____。

4、すし屋：すし5人前、持ってまいりました。

女　　　：ありがとう。ここに置いてくださる？ ぜんぶでおいくら？

すし屋：5500円です。

女　　　：じゃ、これ。どうも_____。

すし屋：毎度。

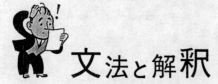

文法と解釈

1、ここは私の席のはずですよ。/这儿应该是我的座位呀。

　　「はずだ」表示说话人基于某种根据所作的判断。其中例③④表示现实与说话人的判断不同，说话人的意外和怀疑的心情。

①あれから4年たったのだから、今年はあの子も卒業のはずだ。/从那时到现在已经4年了，今年那个孩子应该毕业了。

②今はにぎやかなこの辺りも、昔は静かだったはずだ。/现在很是热闹的这一带，过去也应该是很安静的。

③「本当にこのボタンを押せばいいのかい？ 押しても動かないよ。」/"按下这个键就行了吗？按了也不动呀。"

「説明書によるとそれでいいはずなんだけど。変だなあ。」/"说明书上明明写着这么就行了嘛，奇怪。"

④「あそこにいるのは、下田さんじゃありませんか。」/"那边呆着的不是下田吗？"

「おかしいな。下田さんは昨日ニューヨークに発ったはずだよ。」/"奇怪呀，下田昨天明明去纽约了啊。"

2、つきましては、一度私のアパートへおいでくださいませんか。/因此，希望您能到我的住处来一下。

　　「つきましては」是「ついて」的礼貌语表达形式，用于委婉地向对方表示请求或汇报某事，经常使用于公文信函等。

①（招待状）この度、新学生会館が完成いたしました。つきましては、次の通り落成式が挙行いたしますので、ご案内申し上げます。/（请柬）值此新学生会馆落成之际，特别向您介绍将按如下日程举行落成典礼。

②先月の台風で当地は大きな被害を受けました。つきましては、皆様にご支援いただきたくお願い致します。/上个月本地遭受台风袭击，在此特别恳请各位能伸出援助之手。

③今の会長が来月任期満了で引退します。ついては、新しい会長を選ぶために候補者

をあげることになりました。/现任会长下个月任期将满,因此,将要推选新的会长候选人。

新出単語

③うっかり	（副・自サ）	不注意,不留神
◎おいで	（名）	去,来的敬语
◎越す（こす）	（他五）	来,去
◎昇進（しょうしん）	（名・自サ）	升级,高升
◎お構い（かまい）	（名）	招待,款待
◎酔っ払う（よっぱらう）	（自五）	喝醉
◎毎度（まいど）	（名）	每次,经常

第九課　文句を言う/断る

・あまり親しくない人に対して何か文句を言う
・誰かの依頼や誘いを断る

😃😃会話1

（二人はいつつりに出かけることにしましたか。女の人は何をすることになりましたか。男の人は何をすることになりましたか。）

男：ねえ、いつか釣りに行こうよ。

女：いいけど。でも、朝早く起きないといけないんじゃない？　早起きはあんまり…

男：心配ないよ。前の晩に車で出かけるんだから。

女：わたし、夜運転するのはちょっと…

男：ぼくの車で行けばいいじゃないか。

女：そうね。運転してくれるならいくわ。次の土曜日はどう？

男：うーん。その日はちょっと…

女：じゃ、再来週の土曜日は？

男：よし、決めた。そうしよう。

女：わたし、おにぎりとジュース持っていくわ。

男：ジュースはちょっと…

女：わかった、わかった。ビールにすればいいんでしょ？

😃😃会話2

（女の人は夜遅くアパートの隣に住む男の人の家をたずねました。何のためにたずねたのですか。その時、男の人は何をしていましたか。）

女：こんばんは。今、ちょっとよろしいでしょうか。

男：どうぞ。残業で遅くなりましてね、これから晩ご飯なんですよ。

女：たいへんですね。お仕事。実は、うちのおばあちゃんのことなんですけどね、夜寝るのが早くて…

男:おばあちゃん、もうお休みですか。

女:ええ。それでテレビの音がちょっと気になるって言うもんですから。

男:うちのテレビ、うるさいですか。

女:ええ、ちょっと…それに、野球を応援なさる声がちょっと…

男:すみませんでした。ちっとも気がつかなくて…。これから気をつけますから。

~~~~~~~~~~~~~~~ひとくちメモ~~~~~~~~~~~~~~~

　あまり親しくない人に対して何か文句を言わなければならないときや、誰かの依頼や誘いを断らなければならないときには、相手の気持ちを傷つけないように気を付けたほうがいいでしょう。そのようなとき、「ちょっと…」などの表現を使います。

~~~~~~~~~~ 練　習 ~~~~~~~~~~

Ⅰ 次の＿＿＿＿＿に適当な言葉を入れなさい。

　1、先輩(男):明日、練習が終わってから、部屋の大掃除をやってくれないか。

　　後輩　　　:＿＿＿＿＿＿＿＿。

　　先輩(男):そんなこと言ってたらちっともきれいにならないじゃないか。

　　後輩　　　:＿＿＿＿＿＿＿＿。

　2、男A:今週の土曜日あたり、ゴルフなんかいかがですか。

　　男B:土曜日ですか。＿＿＿＿＿＿＿。

　　男A:そうですか。じゃ、また別の機会にでも…

　3、女　　　:＿＿＿＿＿＿＿＿。

　　隣の人:はい、何でしょうか。

　　女　　　:＿＿＿＿＿＿＿＿。

　　隣の人:うちの犬が何か?

　　女　　　:夜になりますとあたりが静かになりますので、＿＿＿＿＿＿＿。

　　隣の人:うるさいとおっしゃるんですか。

　　女　　　:ええ、そういうわけですから…

Ⅱ 適当なものを選んでその記号を書き入れなさい。

a. その日はちょっと…	b. あのう、それが…
c. わたしはあんまり…	d. ご都合が悪いですか

　1、「せっかくのお招きなんですが…」

　　　「＿＿＿＿＿＿＿」

　　　「また別の機会にお願いいたしますね」

　2、女A「わたし、ヨガの教室に通っているの。健康のためにとってもいいわよ。あ

なたもいっしょにいかない?」

女B「＿＿＿＿＿＿＿＿」

女A「どうやら気が進まないみたいね」

3、女A「一度、あなたに紹介したい男性がいるの。土曜日のご都合はどう?」

女B「＿＿＿＿＿＿＿＿」

女A「とってもすてきな方なんだけどねえ…」

4、課長「この前の出張の報告書、もうできただろうね」

社員「＿＿＿＿＿＿＿＿」

課長「君、もう1ヶ月も経ってるんだよ。遅すぎるんじゃないか」

Ⅲ 下線の語を使って、次の誘いを丁寧に断りなさい。

1、女:週末、いっしょにテニスをしない? うちの近所にいいコートがあるの。

男:＿＿＿＿＿＿＿＿。

2、女:納豆のスパゲッティ作ったのよ。あなたに食べてもらおうと思って。

男:＿＿＿＿＿＿＿＿。

3、女A:来週の日曜日に、あなたのお家でパーティーをやるのはどうかしら。

女B:＿＿＿＿＿＿＿＿。

Ⅳ 次の会話を完成しなさい。ただし、直接に言わずに丁寧な表現を使いなさい。

1、【日本人の知り合いが休日にドライブに誘ってくれたが…】

知り合い:今度の休み、家族でドライブに行くんですが、ご一緒にいかがですか。

あなた　:ありがとうございます。行きたい気持ちは山々なのですけど、＿＿＿＿＿

＿＿＿＿＿＿…

知り合い:そんなこと言わないで、ぜひ…

あなた　:でも、＿＿＿＿＿＿＿＿から…また、別の機会にお願いいたします。

2、【カラオケに行こうと上司に誘われたが、あなたは今日は早く帰りたいと思う】

上司(男):二次会はカラオケに行こうぜ。もちろん君も行くだろ?

あなた:＿＿＿＿＿＿＿＿。

3、【隣の人があなたの家の駐車場の前に車を止めるので注意したい】

あなた:こんにちは。いいお天気ですね。

隣の人:そうですね。

あなた:あの…お宅の車のことなんですけどね。

隣の人:はい? 何か問題がありますか。

あなた:＿＿＿＿＿＿＿＿。

4、【隣のおばあさんは耳が遠いらしい。朝早くから大きな音でテレビをつけている。あなたはもっとゆっくり寝たいので困っている】

あなた　　:ごめんください。ごめんくださーい

おばあさん:はい、何ですか。

あなた　　：＿＿＿＿＿＿＿＿。

Ⅴ 次の「ちょっと」はどんな意味ですか。適当なものの記号を書き入れなさい。

a. 考えられません	b. 都合が悪いです
c. うるさいです	d. 分かりません

1、女：主人はただいま留守にしておりますが…

　　男：何時ごろお帰りになりますでしょうか。

　　女：さあ…、ちょっと…（　　　　）

2、女Ａ：川上君のこと、どう思う？

　　女Ｂ：いい人だと思うけど、恋人としてはちょっと…（　　　　）

3、男：映画に行こうと思うんだけど、今月の20日、ひま？

　　女：20日はちょっと…

　　男：じゃ、25日はどう？

　　女：25日もちょっと…（　　　　）

4、女Ａ：お宅じゃ今、屋根を修理していらっしゃるんですね。

　　女Ｂ：ええ、雨もりがひどいものですから…

　　女Ａ：いつまでかかります？大工さんの音がちょっと…（　　　　）

Ⅵ 右と左を結んで会話を作りなさい。

1、ケーキでもいかが？　　　　　　a. それ、私の専門じゃないもんで…

2、この記事、翻訳してくれる？　　b. ちょっと急ぎの用がありまして…

3、免許証を見せて下さい。　　　　c. ごはんがすんだばかりですから…

4、今日、残業やってくれる？　　　d. 持ってくるのを忘れちゃって…

文法と解釈

1、朝早く起きないといけないんじゃない？/那不就得早起吗？

「といけない」通常采用「…といけないので/から/と思って」的形式,后句一般接防止不好的事态发生而提前做好准备的句子。

①盗まれるといけないので、財布は金庫にしまっておこう。/要是被偷了可糟了,还是把钱包放在保险柜里吧。

②雨が降るといけませんから、傘を持って行きましょう。/要是下雨就麻烦了,还是带上雨伞吧。

③忘れるといけないので、メモしておいた。/为了防止忘记,给记了下来。

④遅れるといけないと思って、早めに家を出た。/担心迟到,就提前出门了。

2、ちっとも気がつかなくて…/一点也没注意到。

「ちっとも…ない」是「少しも/ぜんぜん…ない」更加强调否定的说法,都是"一点也没……,完全没……"的意思。但比「少しも」要更加口语化一些,也不能像「ぜんぜん」表示次数。

①日本語はちっとも上達しない。/日语一点也没长进。

②妻が髪型を変えたのに、夫はちっとも気がつかなかった。/妻子变了发型,而丈夫却一点也没觉察到。

③ダイビングはこわいものと思っていたが、やってみたら、ちっともこわくなかった。/一直以为跳水挺可怕的,去跳了试试,一点也没那么可怕。

④この前の旅行はちっとも楽しくなかった。/上次旅游一点意思都没有。

⑤（誤）ちっとも行ったことがない。

（正）ぜんぜん行ったことがない。/一次也没去过。

新出単語

②お握り（おにぎり）	（名）	饭团子
気になる（きになる）	（連語）	挂念,放在心上,成为心事
⓪応援（おうえん）	（名・他サ）	援助,声援,助威,加油
②盗む（ぬすむ）	（他五）	偷窃,盗窃
③早め（はやめ）	（名）	提前
⓪上達（じょうたつ）	（名・他サ）	（技艺学业）长进,进步
④髪型（かみがた）	（名）	发型,发式
①ダイビング	（名）	跳水,潜水,（飞机）俯冲
①どうやら	（副）	好歹,好容易;总觉得,多半
気が進む（きがすすむ）	（連語）	高兴,（精神）愉悦
①コート	（名）	球场,场地
③スパゲッティ	（名）	意大利炒面（空心粉）
②二次会（にじかい）	（名）	（正式宴会后）再次（在别的地方）举行的宴会,第二次集会
耳が遠い（みみがとおい）	（連語）	耳朵背（聋）,听不清
①屋根（やね）	（名）	屋顶,屋檐,屋脊
②雨もり（あまもり）	（名）	漏雨

第十課　申し出を断る

・申し出を出す　　・相手の申し出を断る

会話1

（客は何と何を買いましたか。どちらも配達を頼みましたか。）

店員（男）：いらっしゃい。

女　　客：みかんを一箱買いたいんだけど、ちょっと味見させて。

店　　員：はいよ。どうぞ食べてみて。甘くておいしいだろ？

女　　客：そうね。じゃ、届けてちょうだい。大阪の親戚の家まで。

店　　員：じゃ、この宅急便の用紙に記入してもらえるかな。

女　　客：はい…これでいい？

店　　員：夜間配達ご希望ですか。

女　　客：夜間配達って？

店　　員：このごろは奥さんも仕事に出ているところが多いから、昼間、だれも家にい
　　　　　ないでしょ。だから、夜に配達してもらうんだよ。

女　　客：なるほど。でも、それはいいわ。おばあちゃんがうちにいるから。えーっ
　　　　　と、それから、この西瓜もちょうだい。

店　　員：配達しますか。

女　　客：いいえ、結構よ。車で来てるから。

会話2

（駅員はどんな客と話していますか。）

駅員：もしもし、お客さん。終点ですよ。起きてください。

乗客：分かってるよ、そんな大きな声で言わなくたって。

駅員：歩けますか。わたしの手につかまって下さい。

乗客：平気平気。一人で歩けるから。

駅員：でも、お客さんはお酒をたくさん召し上がっているようだから危ないですよ。

乗客:大丈夫だよ。まっすぐ歩いてるから。トイレはここかい?

駅員:あっ、違います。ちょっと待って下さい。ご案内しますから。

乗客:いらない、いらない。自分で行けるから。

駅員:タクシー、呼びましょうか。

乗客:いいよ、いいよ。歩いて帰るから。

会話3

(旅行の前に何を予約しましたか。)

父　:今度の休みにみんなで信州へ旅行に行こう。

子　:やったね。うれしいなあ。おばあちゃんも行くんだろ?

祖母:おばあちゃんのことは心配しないで。留守番してるから。

子　:そんなこと言わないで、いっしょに行こうよ。一人だったらさびしいだろ?

祖母:そんなことないよ。犬といっしょだから。

母　:あなた、新幹線の切符を頼んでおきましょうか。

父　:その必要はないよ。車で行くから。

母　:じゃ、旅館を予約しておきましょうか。

父　:それもいらないよ。テントで寝るから。

母　:それじゃ、テントを借りておかなくちゃね。

父　:その心配もないんだ。向こうで貸してくれるんだって。

子　:楽しみだなあ。早く行きたいなあ。

～～～～～～～～～ひとくちメモ～～～～～～～～～

　相手の申し出を断るとき、相手の気持ちを傷つけないように気を付けなければなりません。「から」「ので」などを使って理由を述べれば、はっきりと断らなくても、相手に理解してもらうことができるでしょう。

練　習

Ⅰ「から」「ので」を使って、相手の勧めを婉曲に断りましょう。

　1、乗客A:あのう、おじいさん、どうぞこちらに座ってください。

　　　乗客B:いえいえ、＿＿＿＿＿＿＿＿＿＿＿。

　2、店員:いらっしゃいませ。何かおさがしですか。

　　　男客:いえ、別に。

　　　店員:ネクタイでしょうか。

男客：いいえ、＿＿＿＿＿＿＿＿＿＿。

3、客　：もしもし、課長さん、いらっしゃいますか。

社員：課長はただいま席を外しております。何かご伝言がありましたら、お聞きしておきますが…

客　：いいえ、＿＿＿＿＿＿＿＿＿＿。

4、駅員：お客さん、大丈夫ですか。

乗客：いや、急に胸が苦しくなって…

駅員：救急車を呼びましょうか。

乗客：いえ、＿＿＿＿＿＿＿＿＿＿。

Ⅱ　次の会話を自由に完成しなさい。

男：今度の日曜日、ぼくの家ですき焼きパーティーをするから、おいでよ。

女：ほんと。行ってもいいの？

男：もちろんだよ。

女：肉を買っていったほうがいいかしら。

男：いや、＿＿＿＿＿＿。もう＿＿＿＿＿＿てあるから。

女：それじゃ、ワインでも？

男：そうだね。＿＿＿＿＿＿＿＿＿＿。

Ⅲ　適当なものを選んで、その記号を書き入れなさい。

| a、すぐなおります　　　b、すぐに失礼します |
| c、家で見られます　　　d、一人で大丈夫です |
| e、もうおなかがいっぱいです |

1、「お忙しそうですね。お手伝いしましょうか。」

「いいえ、＿＿＿＿＿＿＿＿＿から。」

2、「ごはんのお代わりいかがですか。」

「いいえ、＿＿＿＿＿＿＿＿＿から。」

3、「気分が悪いですか。薬を買っておきましょうか。」

「いいえ、＿＿＿＿＿＿＿＿＿から。」

4、「どうぞ上がって、お茶でもいかがですか。」

「いいえ、＿＿＿＿＿＿＿＿＿から。」

5、「あの番組を録画しておきましょうか。」

「いいえ、＿＿＿＿＿＿＿＿＿から。」

Ⅳ　セールスマンが急に訪ねてきたとき、どのように断りますか。

セールスマン：ごめんください。インテリアの会社の者ですが…

あなた　　　：＿＿＿＿＿＿＿＿＿から。

セールスマン：ほんの少しだけお話させて下さい。お時間は取りませんから。

あなた　　　：＿＿＿＿＿＿＿＿＿ので。

Ⅴ 右と左を結んで会話を作りなさい。

1、お荷物お持ちしましょうか a. いいえ、自分で入れますから
2、灰皿をとりましょうか b. いいえ、一人で帰れますから
3、お茶を入れましょうか c. いいえ、軽いですから
4、駅までお送りしましょう d. いや、すぐやみそうですから
5、傘をお貸ししましょうか e. いや、わたしは吸いませんから

 # 文法と解釈

1、届けてちょうだい。/请帮我送一下。

「…てちょうだい」用于请求对方做某事,通常为女性、孩子使用于身边或亲近的人时,虽然不是粗俗的说法,但也不太使用于正式的场合。

①伸子さん、ちょっとここへ来てちょうだい。/伸子,过来一下。

②彼女は「和雄さん、ちょっと見てちょうだい」と言って、私を窓のところへ連れて行った。/她说着"和雄,过来看看",把我带到了窗边。

③「お願いだから、オートバイを乗り回すのはやめてちょうだい」と母に言われた。/妈妈央求道:"求你了,别再骑着摩托乱跑了。"

2、この宅急便の用紙に記入してもらえるかな。/请填一下快递单,好吗?

「…てもらえるか/てもらえないか」使用「もらう」的可能形态表示婉转地请求对方做某事。普通体使用于比己方身份低的人,而礼貌体使用的范围则很广。有时甚至可以使用于提醒对方注意,如⑤⑥。更加礼貌的说法有「…てもらえないでしょうか/ていただけませんか/ていただけないでしょうか」等。

①ちょっとドア、閉めてもらえる?/把门关一下好吗?

②買い物のついでに、郵便局に寄ってもらえるかな。/买东西时,顺便帮我跑趟邮局好吗?

③ねえ、悪いけど、ちょっと1000円貸してもらえない?/不好意思,能借我1000日元吗?

④ちょっとペン貸してもらえますか。/钢笔借我用一下好吗?

⑤すみません、ここは子供の遊び場なんですけど、ゴルフの練習はやめてもらえませんか。/对不起,这儿是孩子们玩的地方,不要在这儿练习高尔夫好吗?

⑥ここは公共の場なんですから、タバコは遠慮してもらえませんか。/这儿是公共场所,请不要吸烟。

3、分かってるよ、そんな大きな声で言わなくたって。/我知道,谁用你那么大声儿(即使你不那么大声我也知道。)。

本课里的「たって」是「ても」的口语化形式。表示"即使…"的意思。

①いくら高くたって買うつもりです。めったに手に入りませんから。/再贵也准备买，这东西不容易搞到手。

②笑われたって平気だ。たとえ一人になっても最後まで頑張るよ。/被别人笑话也无所谓。即使一个人也要坚持到最后。

③今ごろ来たって遅い。食べ物は何も残っていないよ。/现在才来，也太晚了，吃的啥也没有了。

④あの人はどんなに辛くたって、決して顔に出さない人です。/那是个再怎么艰难也不露在脸上的人。

⑤あの人はいくら食べたって太らないんだそうだ。/听说那是个怎么吃也不胖的人。

4、トイレはここかい？/厕所是这儿吗？

　　「かい」是语尾终助词，可以用于男性表示亲切发问的语气，也可以表示反对的语气。

①痛くないかい？/不疼吗（疼不疼）？

②そんなことがあるかい。/哪有那种事（岂有此理）！

③そんなこと知るもんかい。/那种事我管不着！

5、新幹線の切符を頼んでおきましょうか。/先订一下新干线的票吧。

　　「ておく」可以表示两种意思，一种是做某事之前做好某种准备，一种是将某种状态保持下去。

①帰るとき窓は開けておいて下さい。/回去的时候窗户就那么开着好了。

②冷酒は飲むときまで冷蔵庫に入れておこう。/冷酒在喝之前一直放在冰箱里吧。

③この書類後で見ますから、そこに置いておいて下さい。/这个文件我回头要看，请放在那儿。

④鈴木さんに電話しておくよ。向こうの都合が付けば、来週にでも会えると思う。/我给铃木打个电话，要是他方便的话，下周能见面。

⑤日本へ行く前に日本語を習っておくつもりだ。/打算去日本之前先学些日语。

⑥拓哉が遅れて来てもわかるように、伝言板に地図を書いておいた。/为了让拓哉晚到了也明白，特地在留言板上画了地图。

新出単語

⓪親戚（しんせき）	（名）	亲戚，亲属
③宅急便（たっきゅうびん）	（名）	直接送往收件人住址的快递
⓪記入（きにゅう）	（名・他サ）	记上，填写
①夜間（やかん）	（名）	夜间
⓪終点（しゅうてん）	（名）	终点，终点（站）

◎平気(へいき)	(名・ダナ)	不在乎,若无其事,不介意,无动于衷;沉着,冷静
◎召し上がる(めしあがる)	(他五)	(敬)请吃,请喝,请吸烟
①信州(しんしゅう)	(名)	(地名)信州
◎留守番(るすばん)	(名)	看门(的人)
◎旅館(りょかん)	(名)	旅馆
①テント	(名)	帐篷
④乗り回す(のりまわす)	(他五)	兜风,乘车各处走
◎外す(はずす)	(他五)	(退)席,离座
③救急車(きゅうきゅうしゃ)	(名)	救护车
◎すき焼き(すきやき)	(名)	鸡素烧,日式火锅
②お代わり(おかわり)	(名)	添饭,添酒,添菜
◎録画(ろくが)	(名・他サ)	录像,录制

第十一課　問いかける

会話1

（二人は明日、何をすることになりましたか。）

男A：明日、アメフトの試合、見に行こうと思ってるんだけど…

男B：どことどこの試合なんだい？

男A：学生オールスターと社会人オールスターだよ。

男B：そうか。おもしろそうだよな。いっしょに行ってもいいかな。

男A：もちろんだよ。おおぜいで行った方がおもしろいからな。

男B：どっちが勝つかな。

男A：どっちも強いチームだからなあ、何とも言えないなあ。

男B：試合は何時から？

男A：午後5時からだよ。

男B：雨が降ってもやるのかな。

男A：うん、そうだよ。ところで、君、前売券買っておいてくれないか？

男B：いいけど。でも、今日はぼく金、持ってきてないよ。

男A：実はぼくもないんだ。しかたないなあ。当日券にするか。

会話2

（お父さんが息子の大学生活について聞いています。どんな大学生活ですか。）

父　：たけし、大学生活は楽しいか？

息子：うん、クラブ活動が楽しいなあ。

父　：どんなクラブ入ったんだい？

息子：国際学生クラブだよ。

父　：外国人学生との交流もあるのかな。

息子：うん、そうなんだ。ぼくも留学したいと思ってるんだけど…

父 ：若いうちにいろいろな経験をするのはいいことだけど、費用は自分で何とかしろよ。

息子：わかってるよ。だから、アルバイトしてるんじゃないか。

父 ：おまえ、クラブやアルバイトが忙しそうだけど、勉強の方もしっかりやってるかな。

息子：だいじょうぶ、だいじょうぶ。先輩がノートを貸してくれるんだ。

━━━━━━━━━━ひとくちメモ━━━━━━━━━━

「かな」「かしら」などはひとりごとを言うときに使われますが、くだけた会話では疑問文の代わりとしても使われます。「かしら」は主に女性が使います。また、人によっては「っけ」を使うこともあります。

練 習

Ⅰ 次の＿＿＿＿＿に「かな」「かしら」「っけ」のいずれを使って文を完成しなさい。

1、母「あら？ 私、何で冷蔵庫開けたんだ＿＿＿＿？
　　娘「おかあさんったら忘れっぽいんだから。」
　　母「あ、そうそう。バターを入れるんだったわ。」

2、姉「おなかがすいたね。冷蔵庫に何か入ってない？」
　　弟「ケーキが入ってるよ。食べようか。」
　　姉「どうしよう＿＿＿＿＿。食べたら太る＿＿＿＿＿。」

3、母「パパ、今晩も遅いけど、どこへ行ったの＿＿＿＿＿。何をしてるの＿＿＿＿＿。」
　　娘「今日も飲みに行ってるの＿＿＿＿＿。」
　　母「そうね、飲み過ぎなければいいけど…」

4、子「ぼくにも車の免許が取れる＿＿＿＿＿。」
　　父「もちろんできるよ。やってみれば？」
　　子「じゃ、やってみよう＿＿＿＿＿。お父さん、車買ってくれる？」

5、女 A「鈴木君、入院してるんだってね。どうしてる＿＿＿＿＿。」
　　男 B「そろそろ病院の食事に飽きてるころ＿＿＿＿＿。」
　　女 A「お見舞いに行くことにしようよ。」

6、先生 「君はどこの生まれだ＿＿＿＿＿？」
　　学生 A「ぼくは北海道ですよ。」
　　先生 「君も北海道だった＿＿＿＿＿？」
　　学生 B「違いますよ。ぼくは九州の博多ですよ。」

7、男 A「梅雨に入ったの＿＿＿＿＿あ。今日もうっとうしいなあ。」
　　女 B「明日はゴルフだけど、晴れる＿＿＿＿＿。」

8、男 A「山田君がまだ来ないけど、ほんとに来るの＿＿＿＿＿。」

男B「あいつは約束したら必ず来るよ。」

男A「そう＿＿＿＿＿＿。それにしても遅いよ。」

Ⅱ　次の文を自由に完成しなさい。

1、学生A「今日の試験、すごくやさしかったなあ。」

　　学生B「そうかな。＿＿＿＿＿＿かな。私はそうは思わなかったけど。」

2、弟「お母さんはぼくよりお兄ちゃんの方がかわいいみたいだね。」

　　兄「そうかな。＿＿＿＿＿＿かな。そんなことないだろ。」

3、母「女の人の幸せは、結婚相手によって決まるのよ。」

　　娘「そうかしら。＿＿＿＿＿＿かしら。わたしはそうじゃないと思うわ。」

4、女A「わたしはね、一生、結婚しないつもりなの。ずっと独身で過ごすわ。」

　　女B「ほんとかな。＿＿＿＿＿＿かな。将来のことはわかんないわよ。」

5、女C「明日のダンスパーティーには、ご夫婦でいらしてくださいね。」

　　女D「さあ、どうかしら。主人は＿＿＿＿＿＿かしら。」

Ⅲ　男の人は酒屋へ行きました。適当なものを選んで、その記号を書き入れなさい。

a、いい赤ワインあるかな　　b、値段はどれぐらいかな
c、味見できるかな　　　　　d、チリって南米のチリのことかな

男客「＿＿＿＿＿＿＿＿。」

店員「はい、これなんかいかがでしょう？　チリのワインでございます。」

男客「＿＿＿＿＿＿＿＿。」

店員「はい、そのとおりです。」

男客「＿＿＿＿＿＿＿＿。」

店員「どうぞ、おためしください。」

男客「＿＿＿＿＿＿＿＿。」

店員「お手頃な価格でございますよ。」

Ⅳ　適当な言葉を入れて、会話を完成しなさい。

1、夫「ボーナスが出たら、新しいビデオを＿＿＿＿＿＿かな。」

　　妻「古いのがまだ使えるじゃない。」

2、弟「大学院に入ろうかな。それとも＿＿＿＿＿＿かな。」

　　兄「先生に相談してみたら。」

3、女A「わたしたち、今度はどこへ旅行＿＿＿＿＿＿かしら。」

　　女B「横浜の中華街なんかどうかしら。」

4、課長「山田君、悪いんだが、今日は残業＿＿＿＿＿＿かな。」

　　社員「すみません。今日は約束があるんです。」

5、男A「トム君、帰国してからぜんぜん連絡がないけど、＿＿＿＿＿＿かな。」
　男B「もう僕たちのこと忘れてしまったんじゃないかな。」
6、子「ハンバーグ焼けたみたいだよ。もう食＿＿＿＿＿かな。」
　母「もうちょっと待って。今からソース作るから。」

Ⅴ　例のように答えなさい。
　　例：明日まで必ずできるよ。
　　　→　さあ、できないんじゃないかな。
1、店の人に頼んだら、負けてくれると思うけど。
　　→　そうかな。＿＿＿＿＿＿＿＿んじゃないかな。
2、赤ちゃんの時から外国語を勉強させた方がいいよ。
　　→　そうかな。＿＿＿＿＿＿＿＿んじゃないかな。
3、朝ごはんを食べるために早く起きるぐらいなら、ちょっとでも長く寝ていたいよね。
　　→　そうかな。＿＿＿＿＿＿＿＿んじゃないかな。

Ⅵ　適当なものを選んで、その記号を書き入れなさい。

| a、何にしようかな | b、どう言ったらいいかな |
| c、どこへ行ったのかな | d、どうかな　　e、そうかな |

1、子「お母さん、赤ちゃんってどこから来るの?」
　母「そうねえ。＿＿＿＿＿＿…」
2、店員「メニューをどうぞ。」
　客　「ありがとう。さて、今日は＿＿＿＿＿＿。」
3、子「お父さん、健ちゃんがいないよ。」
　父「いなくなった?　＿＿＿＿＿＿。そのへんを捜してみようか。」
4、社員「課長、今日の会議は早く終わりますか。」
　課長「＿＿＿＿＿＿。今日は議題が多いし。」
5、男A「真理子さん、このころきれいになったね。」
　男B「そう言えば、＿＿＿＿＿＿。」
　男A「恋人でもできたのかな。」

Ⅶ　右と左を結んで会話を作りなさい。
1、鍵はどこかな　　　　　　a. 明日早く来るようにって
2、あの人? 誰だっけ?　　　b. もうすぐじゃないかしら
3、梅雨はいつ明けるのかな　c. まず材料を合わせるのよ
4、どうやって作るんだったかしら　d. そこにあるじゃない
5、先生に言われたこと何だっけ?　e. どこかで会ったことあるね

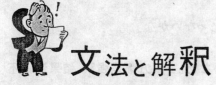

文法と解釈

1、どことどこの試合なんだい。/哪儿和哪儿的比赛来着?

「…だい」通常为成人男性用语,附在包含有疑问词的句尾,表疑问。有时可表示反问和责备的语气。

①いつだい? 花子の入学式は。/什么时候来着,花子的开学典礼?

②その手紙だれからだい? /那封信是从谁那儿发来的?

③そんなことだれから聞いたんだい? /你从谁那儿听来的?

④何時にどこに集まればいいんだい? /什么时候到哪儿集合?

⑤どうだい、すごいだろう。/怎么样? 厉害吧。

⑥何だい、今頃やってきた。もう準備は全部終わったよ。/怎么搞的,现在才来。准备工作早都做完了。

有时「だい」前接名词或形容动词用于男孩表示强烈的断定语气。

①そんなことうそだい。/那样的事,骗人的。

②いやだい。絶対教えてあげないよ。/讨厌! 我绝对不会告诉你的。

③ぼくのはこれじゃないよ。それがぼくのだい。/我的不是这个,那个才是我的。

2、いっしょに行ってもいいかな。/我也可以一起去吗?

「…かな」多用于自言自语,表疑问。有时用于自言自语表示不可思议或疑问的心情时,有婉转请求和征求对方同意的意思。通常用于口语表现形式。另外有「…かなあ」的形式。

①花子さんは今日くるかな。/花子今天会不会来呢?

②これ、もらって帰ってもいいのかな。/这个我可以拿回去吗?

③ちょっと手伝ってくれないかな。/能过来帮个忙吗?

④今度の旅行はどこへ行こうかな。/下次旅游去哪儿好呢?

⑤最近なんでこんなに疲れやすいのかなあ。/最近怎么就这么容易累呢?

另外「…かしら」多为女性所使用,也有使用「…っけ」的。

あの人は誰かしら?

あの人は誰だっけ?

但其中需要注意的是,当询问的是曾经听到过的事时要求接在过去时后。

あの人は誰だったかな?

あの人は誰だったかしら?

あの人は誰だったっけ?

而「そうかな」和「そうかしら」则表示对对方的观点持不同意见。「～じゃないかな」和「～じゃないかしら」则是婉转地提出自己的意见。

①男「鈴木先生ってきれいだね」

女「そうかしら」

②「ぼくも悪かったけど、君にも少し責任があるんじゃないかな」

3、どっちも強いチームだからなあ、何とも言えないなあ。/双方都是强队,结果还真不好说。

　　「何とも」经常与「言えない」「分からない」等连用,表示"不好说"、"不能释怀"和"不能清楚把握情况"等心情。

①結果はどうなるかはまだなんとも言えませんね。/结果会怎样现在难以预料。

②みんなはなっとくしたかもしれないが、私は何とも釈然としない気持ちだ。/可能大家都已理解了,但我却难以释怀。

③彼女の言っていることは何とも分かりかねる。/她说的事实在令人费解。

④あんなことをする人たちの気持ちは何とも理解できない。/实在难以理解做出那种事情的人(的想法)。

4、若いうちにいろいろな経験をするのはいいことだけど、費用は自分で何とかしろよ。/趁着年轻积累各种经验是好事,不过学费你还是自己想办法。

　　「なんとかする」「何とか手を打つ」等后接采取某种手段的动词表示「何らかの手段を尽くして」(想尽…的办法)的意思。像例句③采用「何とかして…する/しよう」的形式表示想尽办法打开困局的意思。而④⑤则表示虽然知道比较困难但仍然恳求对方做某事的意思。

①早く何とか手を打たないと、大変なことになりますよ。/不尽快采取什么措施,会不得了(会出大漏子)。

②このゴミの山を早くなんとかしないといけない。/必须尽早想办法解决堆积如山的垃圾。

③何とかして山田さんを助け出そう。/想想办法救救山田吧。

④お忙しいことは承知していますが、なんとか明日までに仕上げていただけないでしょうか。/我知道你们很忙,但希望你们尽量赶在明天之前完成。

⑤「明日までに仕上げるのはちょっと無理ですね。」/"明天之前完工有些勉强。"

　「そこを何とかできないでしょうか。なんとかお願いしますよ。」/"不能想想办法吗? 拜托了,一定。"

新出単語

③アメフト	（名）	美式足球,橄榄球
⑤オールスター	（名）	全明星队(阵容)
⑤前売り券(まえうりけん)	（名）	预售票

①⓪当日(とうじつ)	（名）	当天,该日
①クラブ	（名）	俱乐部;(学校)社团,小组活动
⓪経験(けいけん)	（名・他サ）	经验,经历
⓪責任(せきにん)	（名）	责任,职责
⓪納得(なっとく)	（名・他サ）	理解,领会,认可,同意
⓪釈然(しゃくぜん)	（トタル）	释然(消除怀疑、怨恨)
～かねる	（接尾）	（接在动词连用形后）碍难,不能,不肯,办不到,不好意思
⓪承知(しょうち)	（名・他サ）	知道,知晓,同意,允诺
⓪負ける(まける)	（他下一）	让价,减价
①ボーナス	（名）	奖金,赏金,特别红利,花红
④中華街(ちゅうかがい)	（名）	中华一条街
⓪焼ける(やける)	（他下一）	烧成,烤制,烤好
⓪酒屋(さかや)	（名）	酒店,卖酒的人(店)
⓪③味見(あじみ)	（名）	品尝,尝味道
①チリ	（名）	智利
⓪南米(なんべい)	（名）	南美
⓪手頃(てごろ)	（名・ダナ）	可手儿,正合适,正相当
①免許(めんきょ)	（名）	许可证,执照
②飽きる(あきる)	（自上一）	厌烦,厌腻
⓪③博多(はかた)	（名）	博多(福冈)
⓪議題(ぎだい)	（名）	议题,讨论的题目
⓪②梅雨(つゆ)	（名）	梅雨,梅雨季节
⓪明ける(あける)	（自下一）	（梅雨季节）到期,期满

第十二課　伝　　言

・伝言を頼む　　　　　　・伝言を申し出る
・電話をかけることを申し出る
・電話を掛けてきた人に後で電話してほしいと言う

会話1

（明日のサッカーのことはどうなりますか。）

母親：はい、田中でございます。

鈴木：あ、もしもし、鈴木ですけど。

母親：あら、鈴木君。

鈴木：あの、伸介君いらっしゃいますか。

母親：伸介ね。今、図書館にいっているんですよ。

鈴木：ああ、そうですか。何時ごろ、帰ってきますか。

母親：そうねえ、5時から塾があるから、その前には一度戻ると思うんだけど。

鈴木：ああ、そうですか。

母親：あ、図書館から直接、塾に行くかもしれないし、ちょっとわかんないわねえ。帰っ
　　　てきたら、こちらから電話させましょうか。

鈴木：あ、いや、あの、じゃ、伝言お願いできますか。

母親：はい、いいですよ。

鈴木：明日のサッカーのことなんですけど、ちょっと用事ができて、いけなくなっちゃっ
　　　たんで。

母親：はい。

鈴木：それを、伸介君にお伝えいただけますか。

母親：明日のサッカー、休むって言っとけばいいのね。

鈴木：はい。よろしくお願いします。

母親：はあい。

鈴木：じゃあ、失礼します。

母親：はい、さようなら。

🙂🙂会話 2

（坂上経理が戻ってきたら、どうしますか。）

会社員：はい、山本産業です。

坂　上：あ、すみません、経理の坂上お願いします。

会社員：はい？

坂　上：あっ、あの、うちの者なんですが、いつも妻がお世話になっております。

会社員：あ、いえいえ、こちらこそ。

坂　上：坂上はおりますか。

会社員：少々お待ちください。

坂　上：すみません。

会社員：もしもし。

坂　上：はい、もしもし。

会社員：今、ちょっと席をはずしているようなんですが。

坂　上：あ、そうですか。すぐ戻りますか。

会社員：それが、ちょっと分からないんですが。あのう、伝言をお伺いしましょうか。

坂　上：あ、じゃ、戻りましたら、携帯のほうにすぐ電話するように言っていただけますか。

会社員：はい、分かりました。

坂　上：よろしくお願いします。じゃ、失礼します。

会社員：失礼します。

🙂🙂会話 3

（小寺さんは何故先生に連絡取りたいのですか。）

中田：はい、中田でございます。

小寺：あの、私、中田先生のゼミを取ってる四年生の小寺といいますが。

中田：小寺さん。

小寺：はい、あの、先生、ご在宅ですか。

中田：ああ、ごめんなさい。まだ帰ってきてないんですよ。もうすぐだと思いますが。

小寺：夕方、先生の研究室にうかがったんですけど、いらっしゃらなくって。

中田：ええ、いつもでしたらね、もうそろそろ帰る時間なんですけど。

小寺：今すぐ先生に連絡取りたいんです。今日締め切りのレポートが出せなかったんで、そのことで、お話したかったんですけど。

中田：そうですか。じゃ、もう少ししてから、もう一度、お電話いただけますか。

小寺：あの、先生、携帯、お持ちじゃ…携帯の番号を教えていただきたいんですけど。

中田：あ、でも、携帯の番号は教えないように、と言われてるんですよ。

小寺：ああ、でも、でも、私、急いでるんです。

中田：そうですね。それじゃね、帰ってきたら、すぐ電話かけるように言いますから、電話番号をね、教えていただけば、（田中先生の声：ただいま。）あ、今帰ってきたようですから、変わりますね。あなた、あなた、学生さんから、お電話。早く早く。

~~~~~~~~~~~~~~~~~~~ひとくちメモ~~~~~~~~~~~~~~~~~~

次の言い方を覚えましょう。

①こちらからまた、連絡いたします。

②あの、こちらからもう一度電話いたします。

③伝言お願いできるかな。

④高橋が戻りましたら、折り返しお電話するように伝えます。

⑤申し訳ありませんが、ご主人様がお帰りになりましたら、こちらまでお電話いただけますでしょうか。

⑥何か伝言がありましたら、伺いますけど。（伝言か何かありますか。）

⑦あのう、徹は今、外出中なんですけど、こちらから電話させましょうか。

⑧帰ってきたら、悪いけど、俺んとこに電話してくれる？

⑨あ、また後で掛けなおすね。

⑩折り返しお電話いただけるとありがたいんですが。

~~~~~ 練 習 ~~~~~

Ⅰ 伝言を頼む。

1、A：高田さんに＿＿＿＿＿＿＿＿。

B：いいよ。

A：じゃ、ちょっと約束の時間に遅れます＿＿＿＿＿＿＿＿。

2、A：＿＿＿＿＿＿＿＿。

B：ええ。

A：あの、明日までにはご注文の品物を届けますって＿＿＿＿＿＿＿＿。

Ⅱ こんな時、どうしますか。

後で電話をかけてほしいと頼みたいときは、どう言ったらいいですか。

1、＿＿＿＿＿＿＿＿。

2、＿＿＿＿＿＿＿＿・。

Ⅲ 次の場合は、どう言いますか。

1、友　達：先生、研究室にいる？

あなた：ううん。今、いないよ。

友　達：ええ、いないの？ どうしようかなあ。

あなた：＿＿＿＿＿＿＿＿＿＿。

2、会社員：木村は今、会議中ですが。

取引先：ええ、いらっしゃらないんですか。どうしよう、困ったなあ。

会社員：＿＿＿＿＿＿＿＿＿。

取引先：そうですか。じゃ、お願いします。

文法と解釈

1、じゃ、伝言お願いできますか。/那么，我可以留言吗？

「お/ご～する」中间用动词连用形或表示动作的汉字词汇,是一种自谦的表达方式,表示"自己为对方做某事"的意思。本句因为「ねがう」是"请求、拜托"的意思,所以可以理解为「お～ねがう」"请您……、请求您做……"的意思。

①明日うかがいたいと、山田さんにお伝え願えますか。/请您转告山田先生,我想明天去拜访他。

②ご起立願います。/请起立。

③先生、お荷物をお持ちしましょう。/老师,我来帮您拿行李。

④後でこちらからご連絡します。/一会儿我们再跟您联系。

2、伸介君にお伝えいただけますか。/您可以帮我转告伸介先生吗？

「お/ご～いただく」是"请您做……"的意思,中间使用动词连用形或表示动作的汉字词汇,与「～ていただく」相同,是一种自谦的表达方式,但更为礼貌。「お/ご～いただけますか/いただけませんか」是委婉地请求对方做某事的意思。

①もう少ししてから、もう一度、お電話いただけますか。/请您稍等一会儿再给我们来个电话好吗？

②すみません、もう少し席を詰めていただけませんか。/对不起,能往里挤一挤吗？

③タクシーがまだ来ませんので、後5分ぐらいお待ちいただけませんか。/出租车还没来,请再等5分钟好吗？

④もし何か詳しいことが分かったら、ご連絡いただけませんか。/如果有什么详细情况,请您通知我好吗？

3、明日のサッカー、休むって言っとけばいいのね。/那我就跟他说明天的足球训练你休息就行了吧。

「～ておく」是"（事先）做好……"的意思。根据语境,可以表示一种临时的措施,也可以表示为将来做准备。

①このワインは冷たい方がいいから、飲むときまで冷蔵庫に入れておこう。/这种葡萄酒喝凉的好,喝之前把它放到冰箱里吧。

②その書類は後で見ますから、そこに置いておいてください。/那份文件我要看,你把它放那儿好了。

③日本へ行く前に日本語を習っておくつもりだ。/去日本之前打算学一学日语。

④帰るとき窓は開けておいてください。/回去的时候请把窗户打开。

4、携帯のほうにすぐ電話するように言っていただけますか。/您能跟她说让她马上给我手机打电话好吗?

「～ように」的用法有很多,当后文使用了「言う/伝える」等表示传达的动词时,是"要(不要)……"的意思,用于间接引用所要求的内容。

①これからは遅刻しないように注意しておきました。/警告他以后不要再迟到。

②隣の人に、ステレオの音量を下げてもらうように頼んだ。/请邻居把音响的音量调小点儿。

③すぐ家に帰るように言われました。/被告知赶紧回家。

④戻りましたら、家に電話するようお伝えください。/请转告他,回来后马上给家里来个电话。

新出単語

⓪直接(ちょくせつ)	(副・名・形動)	直接
①塾 (じゅく)	(名)	私塾
⓪産業(さんぎょう)	(名)	产业
①経理(けいり)	(名・他サ)	经理,财会事务
⓪ご在宅(ざいたく)	(名・自サ)	在家
⓪締め切り(しめきり)	(名)	截止
⓪折り返し(おりかえし)	(副)	立即
⓪外出(がいしゅつ)	(名・自サ)	外出(中)

第十三課　勧　　誘

・誘う　　　　　・誘いを受ける
・誘いを断る　　・返事を保留する

会話1

（直子はフラワーアレンジメントを習いに行きますか。）

直子：もしもし。

江美：あ、もしもし、江美だけど。

直子：あ、江美。

江美：あのさ、私、フラワーアレンジメント習ってるって、前、話したよね。

直子：うん、面白いって言ってたよね。

江美：うん。結構楽しいし、気持ちが落ち着くし、気に入ってるんだけど。

直子：なんか、あったの?

江美：いや、たいしたことじゃないかもしれないんだけど、一緒に習っている人たちがね。

直子：うん。

江美：なんか、話し合わないんだ。同年代の子も多いんだけど。

直子：そうか。

江美：それでね、直子も一緒に習ってみない? いやならいいんだけど。

直子：ううん。陶芸とかだったら、ちょっと考えてみてもいいんだけど。

江美：そうかあ。あんまり興味ないだろうとは思ってたんだけど。

直子：ごめんね。あのさ、江美、習い始めてまだ2ヶ月ぐらいでしょ?

江美：うん。

直子：そのうち話も合うようになるかも知んないし、別の人が習いに来たりするんじゃ
　　　ない?

江美：うん、そうかな。

直子：それに、無理して話を合わさなくてもさあ。

江美：うん、そうだね。別に友達を作りに習いに行っているわけじゃないんだし。

直子：そうだよ。

江美：うん。あ、そうそう。この前、話してたチケットのことだけどさあ…

☺☺会話2

（森上さんは発表会に行きますか。）

高島:あ、森上君。ちょっといい?

森上:あ、はっ、高島さん、何ですか。

高島:あのさ、再来週の日曜日ってなんか予定、入ってる?

森上:再来週の日曜日ですか。ま、確か、特にたいした予定は、たぶん。でもまだはっき
　　　りとは…

高島:あ、そう。もし、時間が空いてればだけど、うちの女房がフラメンコしてるって、
　　　知ってるよね。

森上:はあ。

高島:その発表会っていうのがさあ、再来週の日曜日で、

森上:日曜日。

高島:もし興味があれば、奥さんでも誘って、見に来てくれないかなって。

森上:フラメンコですか。

高島:うん。先生はスペインのプロのダンサーだから、結構本格的でさあ。

森上:ええ。

高島:少なくとも先生の踊りを見るのは価値があると思うんだけど。

森上:ああ、なるほど。

高島:で、お昼の2時、市民ホールでなんだけど。スペインワインのサービスもあるら
　　　しいんだ。

森上:あ、そうですか。ワインね。

高島:チケットは1枚2000円なんだけど。

森上:2000円。

高島:会社の人の分は僕が半分持つから1000円にしとくよ。

森上:はぁ。じゃ、妻に予定、聞いてみますんで、もう少し、待ってもらえませんか。

高島:いいよ、いいよ。返事はいつでもいいから。

森上:すいません。

高島:よろしくね。

森上:あ、はい。どうも。

☺☺会話3

（ミラーさんはなぜ宮川さんに電話をかけましたか。）

宮　川:はい、宮川です。

ミラー：もしもし。あ、お休みのときにすみません。私、ミラーと申しまして、中央区の
　　　　「国際結婚を考える会」の者なんですけど。

宮　川：はい。

ミラー：あの、失礼ですが、国際結婚なさってるって伺って、お電話させていただいたん
　　　　ですが。

宮　川：あ、はい。

ミラー：たぶんご経験があると思うんですが、ビザを始め、子供の教育とか、いろんな問
　　　　題があると思うんです。

宮　川：はあ。

ミラー：それで、私ども、国際結婚をしている者同士が、日ごろ思ってることを気軽に話
　　　　し合ったり、問題があるときは助け合ったりする場を作れないだろうかと思っ
　　　　て、作ったのがCKKなんです。

宮　川：はい。

ミラー：Cは中央、KKは国際と結婚の頭文字をとってCKKって言うんですけれども。

宮　川：はあ。

ミラー：集まりは、月一回第3日曜日、午後三時からなんですけど。

宮　川：はあ。

ミラー：あの、もしご興味がおありでしたら、ぜひ参加していただいて、ご一緒にお話で
　　　　もできたらって思うんですが。

宮　川：あのう、私たち、子供はまだいませんので、子供の教育は問題ありませんし。

ミラー：まだお子さんがいらっしゃらないカップルの方も大勢いらっしゃいますよ。

宮　川：ああ、そうですか。じゃ、主人と相談してみますので。

ミラー：そうですか。じゃ、またお電話いたします。

宮　川：はい、どうも。

ミラー：じゃ、ごめんくださいませ。

😊🎵会話4

（インタビューにはみんなはそれぞれどう答えましたか。）

ナレーション：はい、ビジネスマナーの時間です。今日は、職場の上司から誘われたら
　　　　どうするか、会社員の方々にインタビューしました。誘われてうれしい上司、う
　　　　れしくない上司、でも上司だから断れない、いろんな経験があると思います。社
　　　　会部、小林がインタビューしました。

（一）

小林：すみません。ちょっとお時間よろしいですか。

男性：あ、はい。

小林：上司に誘われることってよくありますか。

男性：ああ、しょっちゅうですね。だいたいが仕事の後の一杯なんですが。

小林：そんなに頻繁なんですか。

男性：ええ、ひどいときには二日か三日に一回。ぼく、お酒あんまり強い方じゃないんで、それに、妻からも帰りが遅いって文句言われるし。

小林：ときには断わったりなさってるんですか。

男性：いや、それがね、上司なので、付き合いの悪いやつだなって言われると、断わりづらくって。それで、誘われるといつもしぶしぶついて行くっていうパターンになってしまうんですよねえ。

小林：ああ、そうですか。

（二）

小林：すみません。ちょっとよろしいですか。

女性：あ、はい。

小林：上司に誘われることってよくありますか。

女性：うん、ありますけどね、誘われても子供を迎えにいかなくちゃいけないとかっていうと、けっこうみんなわかってくれて。

小林：あ、ご結婚なさっているんですか。

女性：ええ、でも、あんまり断わっていると、会社のみんなで飲みに行くときに全然誘われなくなるのもさびしいし。

小林：うん、そうですね。じゃ、時々飲みに行く？

女性：ええ、気が向いたときだけ。でも、この間、けっこうしつこく食事に誘ってくる上司がいて、最初は上司だし、丁重に断わってたんですけど、ぜんぜんあきらめてくれなくて。で、しようがないから、最後は「一緒にいくつもりはありません」って、はっきりいっちゃったんですよ。ま、すっきりしたんだけど、反面、仕事に悪い影響が出ないかって心配なんです。

小林：ああ、そうですか。

━━━━━━━━━━━ひとくちメモ━━━━━━━━━━━

次の言い方を覚えましょう。

①来週の木曜日ですが。午後ならかまいませんが。じゃ、三時ですね。

②えっ、今から？　前もって言ってもらってれば、行けたんだけど。

③うわあ、面白そう。やってみたいなあ。でも、土曜日なんだよね。土曜日か。ちょっときびしいな。

④ううん、やってみたいのはやまやまなんだけど。もうちょっと、考えさせてくれる？

⑤今は予定が立たないので、後で連絡させてもらってもかまわないでしょうか。

⑥その日以外ならオッケーなんだけど。

⑦ええ、よろこんで。じゃ、連絡お待ちしてます。

⑧悪いけど、他の人、誘ってもらえないかなあ。

~~~~~~~ 練 習 ~~~~~~~

Ⅰ 次のような場合は、どういいますか。

　1、マライア・キャリーの歌が好きな友達をコンサートに誘います。

　　　＿＿＿＿＿＿＿＿。（人が喜んで誘いを受けるだろうと思っているとき）

　2、仕事で忙しそうな友達を食事に誘います。

　　　＿＿＿＿＿＿＿＿。（相手が断るかもしれないと思っているとき）

Ⅱ 次のように誘われた場合、どう断りますか。

　1、友達　　：金曜日カラオケ行かない？

　　あなた：＿＿＿＿＿＿＿＿。

　2、上司　　：日曜日いっしょにゴルフに行かない？

　　あなた：＿＿＿＿＿＿＿＿。

Ⅲ 次のときはどう言いますか。

　1、A：＿＿＿＿＿＿＿＿見にいらっしゃいませんか。

　　B：申し訳ないんですが、ちょっと用事が入ってまして。

　　A：＿＿＿＿＿＿＿＿。

　2、A：時間があったら送別会に参加しないか。

　　B：＿＿＿＿＿＿＿＿。（誘いを断る）

　　A：いいよ。気にしなくて（いいよ。無理しないで）。

　　B：＿＿＿＿＿＿＿＿。（誘いを受ける）

　　B：＿＿＿＿＿＿＿＿。（誘いを受けるかどうか分からないとき）

 文法と解釈

1、別に友達を作りに習いに行っているわけじゃないんだし。／原本也不是为了交朋友
　而去学习的。

　　「～わけではない」可以用于委婉否定，间接否定一般能够想到的结论，也可以与「全
部・みんな・全然・まったく」等词连用，表示部分否定。

　　人間は食べるためだけに生きているわけではない。＜婉曲否定＞

　　北京は寒いが、我慢できないというわけでもない。＜部分否定＞

　　否定由前文可以联想到的事或对方的观点时，可以用「～というわけではない」的
形式。

　　「食べたくないの？」「食べたくないというわけじゃないけど、…」

①君一人が悪いわけではないが、君に責任がないわけでもないだろう。/并不是你一个人不好，但也不能说你没有责任。

②彼とは最近あまりデートしていないが、けんかしているわけではない。/最近没怎么和他约会，并不是因为吵架了。

③結婚したくないわけでもないが、今は仕事が楽しいから結婚は考えていない。/不是不想结婚，而是现在的工作很有意思，还没考虑结婚。

④私は普段あんまり料理をしないが、料理が嫌いなわけではない。忙しくてやる暇がないだけなのだ。/我平时不怎么做饭，但不是讨厌做饭。而是忙得没有时间做。

⑤弁解をするわけではありませんが、昨日は会議が長引いてどうしても抜けられなかったのです。/我不是要做辩解，确实是昨天会议时间太长根本抽不开身来。

2、もしご興味がおありでしたら…/如果您有兴趣的话……

　　「お/ご～です」中间使用动词连用形或表示动作的汉字词汇，是一种对对方表示尊敬的表达方式，但使用的词汇数量有限，基本是一些比较固定的惯用形式。

①鈴木さんは大連に別荘をお持ちそうですよ。/听说铃木先生在大连有一幢别墅啊！

②昨日は北京にお泊りでしたか。/您昨天是在北京住的吗？

③こちらでお召し上がりですか。/您在这儿就餐吗？

④阿部部長は明日から本社にご栄転だそうです。/听说阿部部长高升到总公司去了。

新出単語

⑥フラワーアレンジメント	（名）	插花艺术
⓪落ち着く（おちつく）	（自五）	心情平和
話が合う（はなしがあう）	（連語）	谈得来
⓪同年代（どうねんだい）	（名）	同龄人
⓪陶芸（とうげい）	（名）	陶瓷艺术
③フラメンコ	（名）	安达鲁西亚舞（西班牙民间舞蹈）
⓪演出（えんしゅつ）	（名・他サ）	演出,组织安排
⓪本格的（ほんかくてき）	（形動）	地道的
半分を持つ（はんぶんをもつ）	（連語）	出一半
⓪日頃（ひごろ）	（名・副）	平时
④頭文字（かしらもじ）	（名）	第一个字母
④③集まり（あつまり）	（名）	聚会
①しょっちゅう	（副）	经常
⓪頻繁（ひんぱん）	（名・形動）	频繁

①⓪しぶしぶ　　　　　　　　　（副）　　　　　　　勉勉强强
　気が向く（きがむく）　　　（連語）　　　　　　乐意
③しつこい　　　　　　　　　　（形）　　　　　　　纠缠不休
④諦める（あきらめる）　　　（他下一）　　　　　死心，放弃
③すっきり　　　　　　　　　　（副・自サ）　　　痛快

第十四課　許可

・許可を求める　　・許可を与える
・許可をしない　　・制限を述べる

会話1

（課長は部下が有休をとることに賛成しますか。）

部下：あの、課長。折り入ってお話があるんですが、お時間よろしいでしょうか。

課長：ああ、じゃ、10分ぐらいならいいですよ。

部下：あの、ちょっと場所を変えてお話させていただいてもよろしいですか。

課長：なんだい、改まって。

課長：で、どうしたの。

部下：あの、妻がもうすぐ出産するって前にお話ししたと思うんですが。

課長：ああ、そうでしたよね。で、予定日はいつ？

部下：あ、再来月なんですが。

課長：あ、そうか、楽しみだね。

部下：ええ。それで、話っていうのは、そのことなんですが、会社の育児休暇、あれ、男の
　　　社員が取ってもいいことになってましたよね。

課長：ああ、まあ、そうなってますけどね。

部下：確か、二ヶ月の有休が取れて、希望すれば休職も可能だとか。

課長：うん、そうなってるけど…前例がないからなあ。

部下：ああ、そうですか。前例ないんですか。

課長：いや、あの制度ができたのも、ほら、去年のことでしょ。

部下：ええ。

課長：男でそれに申し込んだ社員っていうのも聞いたことがないしね。

部下：それじゃ、育児休暇を取らせていただくっていうわけには…

課長：ん、ま、一応ね、部長に相談してみないとなんともいえないんだけど、難しいんじ
　　　ゃないかな。君も、ほら、今が頑張り時なんだから、もっとバリバリ働いたほうが
　　　将来のためにもいいと思うけどね。でも、ま、決めるのは本人だから。

部下：じゃ、もう一度妻と相談してみますが、部長にそれとなく聞いてみていただけま

せんか。

課長：ま、聞いてみることはできますけどね。

部下：じゃ、申し訳ありませんが、どうかよろしくお願いします。

課長：可能性は、ほとんどないって思っていたほうがいいんじゃないかな。それに、私の立場からもね、賛成できかねるし。

部下：分かりました。お時間、いただきましてありがとうございました。

課長：はい、どーも。

☺☺会話2

（尾崎さんは山田さんに何をお願いするのですか。）

尾崎：山田さん。

山田：ん？

尾崎：山田さんのコンピュータって、マックだったよね。

山田：そうだけど。

尾崎：パワーポイント、入ってる？

山田：うん、入ってるよ。

尾崎：あっ、ちょっと急なお願いなんだけどね。

山田：どうしたの。

尾崎：明日の会議のプレゼンに使う資料なんだけど、大阪支社からメールで送ってもらった添付が文字化けして、ぜんぜん読めないの。で、大阪に問い合わせたら、マックで作ったって言うのよ。

山田：尾崎さんのって、ウィンドウズだったっけ？

尾崎：うん。

山田：システムが違うと、こんなとき、困るよねえ。

尾崎：そうなのよ。で、悪いけど。山田さんのコンピュータ、ちょっとの間、使わせてもらってもかまわない？

山田：今日ずっとっていうわけじゃなかったら、かまわないから、私のどうぞ使って、使って。

尾崎：いい？ほんと、ごめん。午前中には終わるようにするから。

☺☺会話3

（学生は辞書が借りられますか。）

学　　生：あのう、すみません。

図書館員：はい。

学　　生：この本、今日が返却日になってるんですけど、続けて借りるっていうのは、可能ですか。

図書館員：続けてですか。

学　　生：ええ、今、修士論文を書いているとこで、どうしてもこの本が必要なんです。

図書館員：院生さんですか。

学　　生：はい。

図書館員：原則としては、返却しないといけないことになってるんですけど、一旦、返却の手続きをしてから、引き続き借りてもいいですよ。

学　　生：ありがとうございます。あのう、それから、こっちの辞書なんですけど、これは借りられますか。

図書館員：ああ、辞書ですか。それは、閲覧のみですね。辞書や、百科事典、雑誌類は貸し出しできないことになってるんで。

学　　生：そうですか、分かりました。じゃ、これ、お願いします。

図書館員：はい。

～～～～～～～～～～～～**ひとくちメモ**～～～～～～～～～～～～

　次の言い方を覚えましょう。

①夫に聞いてみないことには、なんともお返事できかねるんですけど。

②じゃ、今回だけですよ。

③ずっとってわけじゃなかったら、かまわないですけど。

④急に休むって言われてもね、困るんですね。

⑤明日までに返してくれるんなら、貸してあげてもいいけど。

⑥木村さんに聞いてみないとなんとも言えないけど、まず無理なんじゃないかなあ。

⑦君の言いたいことは良く分かるんだけどね。しかし、私の立場じゃねえ。

⑧ちゃんと宿題するって約束できるんなら、バイトしてもいいと思うけど。

練　習

I 次のような場合は、どう言いますか。

1、会社を早退したい

　　社員：課長、病院に行きたいので、＿＿＿＿＿＿。（許可をもらうのが簡単だと思うとき）

2、会社を早退したいと思っているが、月末で、周りの人は忙しそうだ。

　　社員：課長、病院に行きたいので、三時に＿＿＿＿＿＿。（許可をもらうのが難しいと思うとき）

　　課長：三時？ 今日は三時まではいてくれないと困るよ。

74

Ⅱ こんなとき、どうしますか。

1、映画館の中で知らない人に

あなた　　：すみません、お隣に座ってもいいですか。

知らない人：＿＿＿＿＿＿＿＿。（許可を与える権限はない）

2、美術館で係員に

あなた：この絵の写真をとってもいいですか。

係　員：＿＿＿＿＿＿。（許可を与える権限を持っている）

Ⅲ 次のような場合は、どう言いますか。

1、映画館の中で知らない人に

あなた　　：すみません、ここ、空いていますか。

知らない人：＿＿＿＿＿＿＿。

2、映画館で係員に

あなた：すみません、ここ座ってもいいんですか。

係　員：＿＿＿＿＿＿＿。

Ⅳ 次のような場合は、どう言いますか（制限を述べる練習）。

1、友達にノートを貸してもらいたいとき

あなた：政治学のノート、見せてもらいたいんだけど、いいかな。

友　達：＿＿＿＿＿＿＿。

2、デパートで代金を支払うとき

あなた：クレジットカードで払えますか。

店　員：＿＿＿＿＿＿＿。

文法と解釈

1、男の社員が取ってもいいことになってましたよね。／按规定，男员工也可以请假吧。

「～ことになっている／～こととなっている」表示约定、约束人们日常生活行为的规定、法律、法规以及一些惯例等。

①日本では車は左側を通行することになっている。／在日本规定机动车左侧通行。

②日本では、男性は18歳、女性は16歳になったら結婚できることになっている。／在日本，规定男性满18岁、女性满16岁就可以结婚。

③ごみは、燃えるごみと燃えないごみを分別して出しますこととなっているが、きちんと分けて出さない人もいる。／规定垃圾应分成可燃垃圾和不可燃垃圾再扔，可是仍有人不好好分类。

④お買いあげいただいて一週間以上たった品は、返品できないこととなっておりま

す。/按规定购买的商品超过一周后就不能退货了。

⑤パーティーに参加する人は、6時に駅で待ち合わせることになっている。/约好参加晚会的人6点在车站聚齐。

2、部長にそれとなく聞いてみていただけませんか。/能帮我跟部长不经意地问问吗？

「~と（もなく）/~と（も）なしに」与疑问词「どこ・いつ・だれ・どちら」或疑问词＋助词的形式连用，表示不确定某个时间、地点、人或物，相当于「＜いつ・どこで・誰が・何を＞かよくわからないが、~」。与「見る/話す/言う/考える」等表示感觉、知觉、思维等意志性动词的反复形式连用，表示不带有明确的目的或意图去做某事的意思，相当于「~しようというつもりはなく、ただ、なんとなく~する」，即表示下意识或无意识的行为。

①テレビを見るともなしにつけていたら、臨時ニュースが飛びこんできた。/不经意地打开电视看着，不想跳出一则临时新闻。

②ラジオを聴くともなく聴いていたら、懐かしい曲が流れて来た。/不经意地听着收音机，却传来了一首令人怀念的歌曲。

③ファッション雑誌を読むともなくページをめくっていると、きのうデパートで見た服と同じ服が載っている。/没有目的地翻着时装杂志，无意间却看到了和昨天晚会上见到的一样的衣服。

④寝るともなしにベッドに横になっていたら、いつの間にかぐっすり眠ってしまった。/不经意地躺到床上，也不知道什么时候竟然睡着了。

⑤誰からともなく拍手が起こり、やがて会場は拍手喝さいの渦に包まれた。/也不知道是谁先鼓起掌来，不久整个会场都被卷入鼓掌喝彩的旋涡中。

3、私の立場からもね、賛成できかねるし。/就我来说，实在难以同意。

「~兼ねる」是比较郑重的书面语，接在动词连用形后，表示某种心理或感情上的理由而不能或难以做某事的意思，隐含有「やろうとしても/努力しても、不可能だ」的意思，相当于「心理的・感情的理由で~できない」。「決めるには決めかねる（难以决定）」、「見るには見かねる（不忍目睹）」则为习惯用法。

①そのことについては、即答しかねない。/关于那件事，难以给您即时回复。

②申し訳ございませんが、そのようなサービスはいたしかねない。/实在很抱歉，我们暂时难以提供这样的服务。

③残念ながら、そのご提案はお受けいたしかねます。/很遗憾，我们不能接受您的提案。

④その話は、私からは彼に言い出しかねるのであなたのほうから話してください。/那件事我不好跟他说，还是你去跟他说吧。

⑤駅の階段で大きなスーツケースをひとりで持って階段をあがれない人がいたので、みるに見かねて手を貸してあげた。/在车站的台阶上有个人提着个大旅行箱，根本上不去，实在看不过眼，就去帮了他一把。

新出単語

◎出産(しゅっさん)する	(名・自他サ)	生孩子
④育児休暇(いくじきゅうか)	(名)	产假
◎休職(きゅうしょく)	(名・自サ)	暂时停职
◎前例(ぜんれい)	(名)	先例
⑤プレゼン(プレゼンテーション)	(名)	方案
①◎添付(てんぷ)	(名・他サ)	附件
◎文字化け(もじばけ)	(名・自サ)	乱码
④改まる(あらたまる)	(自五)	一本正经,郑重其事
(～が)当たる	(自五)	猜中～
◎受験(じゅけん)	(名・自他サ)	应考
(～に)身を入れる	(連語)	致力于～
◎返却日(へんきゃくび)	(名)	归还日期
①院生(いんせい)	(名)	研究生
◎引き続き(ひきつづき)	(名・副)	继续,接下来
◎閲覧(えつらん)	(名・他サ)	阅览

第十五課　確かな情報・不確かな情報

・自分で判断したことを伝える
・情報が不確かであることを示す
・情報が確かであることを示す

会話1

（高速なのに、どうしてスピードが出せなかったのですか。）

息子：ねえねえ、おばあちゃんのうちまであとどれぐらいかかるの?
父親：ううん、あと30分、ぐらいじゃないかな。
息子：30分も。
父親：うん
息子：ぼく疲れてきちゃった。もう少しスピード出してよ。高速でしょ。なんでこんなにゆっくりなの?
父親：いや、ほら、この辺、工事で制限速度60キロって書いてあるから、それ守らないと。
息子：でも、ぼく疲れた。おしっこもしたいし。
父親：え、もうちょっと、我慢できない?
息子：さっきから我慢してるから、もうこれ以上できないよ、できない。
母親：だから、さっき休憩したときに、おしっこ行っておきなさいって言ったでしょ。
父親：じゃ、次のパーキングエリアで止めるから、もうちょっと我慢できるか。
息子：はあい。

会話2

（どうして出発が遅れるのですか。）

エリコ：あ、ほらほら、見て、あれ。あそこのボード。
ナツエ：えっ、なんか事故でもあったの?
エリコ：うん。「delay（ディレイ）」って書いてあるから、遅れるみたいよ。
ナツエ：ええ、出発が遅れるの? なんでだろ。エリコ、英語できるんだから、ちょっと

　　　　カウンター行って、聞いてきてよ。

エリコ：うん、ちょっと行ってくるね。

ナツエ：うん。

エリコ：どうだった？

ナツエ：ん、なんかね、車輪に故障が見つかったんだって。

エリコ：車輪の故障って、それで飛ぶの？

ナツエ：うん。修理に、あと1時間ぐらいかかるみたいよ。

エリコ：げっ、1時間かあ。しかたない。待つしかないよね。でも、車輪の故障ってな
　　　　んか恐くない？

ナツエ：うん。時間かかってもいいから、ちゃんと修理してほしいよね。

エリコ：ん、絶対。なんか時間かかりそうだし、お茶でも飲みに行く？

ナツエ：ん、そうしよっか。

😊😊会話3

（どこで事故が起こったのですか。）

乗客1：あのう、何かあったんですか。ちょっと、停車時間が長いようですが。さっきの
　　　　放送、聞き取れなくて。

乗客2：ええ、なんか、トンネル事故だとかって、言ってましたけど。

乗客1：トンネル事故？

乗客2：ええ。

乗客1：いやあ、困ったなあ。どこでですか。

乗客2：名古屋の手前のどこからしいですよ。

乗客1：名古屋の手前ね。どのぐらい停車するって言ってました？

乗客2：ううん、はっきりとした時間は言っておかなかったんですけど。壁が落ちたと
　　　　か何とかで、あまり時間はかからないようなこと言ってましたけど。

乗客1：ああ、そうですか。困ったなあ。在来線に乗り換えるのも時間がかかりますし
　　　　ね。

乗客2：そうでしょうね。まあ、わたしもどうしようか迷ってるんですけど。やっぱり
　　　　このまま新幹線に乗ってたほうがいいかなと思ってまして。

乗客1：そうですね。

～～～～～～～～～ひとくちメモ～～～～～～～～～

　次の言い方を覚えましょう。

①もうそろそろ電車が出発してもいいはずなんだけどねえ。

②昨日このあたりで自動車の正面衝突事故がありました。

③ただいま、大雪のため電車が不通になっております。

④天気予報で言ってたけど、台風が近づいてきてるらしい。

⑤この道、朝と夜はいつも渋滞するんじゃないかなあ。

⑥いま、海が荒れてて、あさってまで船は出ないということらしい。

⑦飛行機に乗ってった方が早くて楽なんじゃないの?

⑧この時間だったら、車より自転車で行ったほうが早いんだって。

⑨A:明日、学校休みになるんだって?

　B:うん、そうなんだって。

⑩A:今井さん、会社やめるんだって。

　B:ええ? 知らなかった。

練 習

Ⅰ 次の情報はa.「誰から聞いた」、b.「話し手が考えた」のどちらですか。

1、ア)(　　　)今度、学校の前にできたレストラン、おいしいそうですね。

　イ)(　　　)今度、学校の前にできたレストラン、よさそうですね。

　ウ)(　　　)今度、学校の前にできたレストラン、おいしいんだって。

2、ア)(　　　)毎日、満員電車で通勤するのって疲れるよ。

　イ)(　　　)毎日、満員電車で通勤するのって疲れそうだね。

　ウ)(　　　)毎日、満員電車で通勤するのって疲れるんだってね。

3、ア)(　　　)朝夕の子どもの送り迎えは大変ですね。

　イ)(　　　)朝夕の子どもの送り迎えは大変なんですよ。

　ウ)(　　　)朝夕の子どもの送り迎えは大変だそうですよ。

4、ア)(　　　)あそこのスーパー、来週開店するみたいね。

　イ)(　　　)あそこのスーパー、来週開店するみたいよ。

　ウ)(　　　)あそこのスーパー、来週開店するんじゃない?

5、ア)(　　　)ディズニーランドは、大人も楽しめるみたいよ。

　イ)(　　　)ディズニーランドは、大人も楽しめるらしいよ。

　ウ)(　　　)ディズニーランドは、大人も楽しめると思うけど。

Ⅱ 次のような場合は、どういいますか。

1、仲のいい友達と

　友　達:もしもし、私。バスに乗り遅れちゃって。ゼミに10分ぐらい遅れるかも。

　あなた:＿＿＿＿＿＿＿＿＿(先生は、よくクラスの時間に遅れて来る。)

2、病院に電話で行き方を尋ねる

　電話の声:あの、金沢駅からバスで20分ぐらいって聞いたんですが。

　受　　付:そうですねえ。＿＿＿＿＿＿＿＿＿(朝と夕方は、道が混雑するので、時
　　　　間がかかることが多い。)

Ⅲ 次のような場面では、どのように言いますか。

　1、ある情報について、自分が詳しく知らない場合には、どのように言いますか。

　　────────────

　2、話している人が自分の判断を正しいと信じているときは、どのように言いますか。

　　────────────

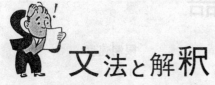

文法と解釈

1、もうこれ以上できないよ。／我再也忍不住了。

　「これ／それ／あれ以上～」后文接续「できない（不能）／難しい（很难）／耐えられない（受不了）／やめよう（算了吧）」等含否定意义的表达方式，表示"不能再……"的意思。

①お互いにこれ以上争うのはやめましょうよ。／相互间不要再争了。

②さすが岡田さんだ。ほかの人にはあれ以上の発明はちょっとできないだろう。／到底是冈田。别的人不可能搞出那样的发明。

③雪もひどくなってきたし、もうこれ以上先へ進むのは危険だ。ここであきらめて下山しよう。／雪下大了，再往前走就危险了。就在这儿下山吧。

④もうこれ以上今の忙しい生活に耐えられない。／我再也受不了现在这样忙碌的生活了。

2、待つしかないよね。／只好再等等了。

　「～しかない」前接动词的终止形，表示"只有这样做"的意思，多用于别无选择，或没有其他可能性的句子里。

①高すぎて買えないから、借りるしかないでしょう。／太贵了，买不起，只能借了。

②そんなに学校がいやならやめるしかない。／那么不喜欢上学的话，只好退学了。

③燃料がなくなったら、飛行機は落ちるしかない。／燃料要是没有了的话，飞机就只有坠毁了。

④ここまで来ればもう頑張ってやるしかほかに方法はありませんね。／既然都到了这一地步了，就只能努力干下去，别无他法。

3、トンネル事故だとかって、言ってましたけど。／说是发生了隧道事故什么的。

　「～って」表示引用，其实可以理解为「と」的更加口语化表达形式，有时可以用以重复对方的话，回应对方的质问或对对方进行反问。

①彼はすぐ来るっていってますよ。／他说了，马上就来。

②それで、もう少し待ってくれっていったんです。／所以，他让再等他一会儿。

③電話して聞いてみたけど、予約のキャンセルはできないって。/我打电话问了,说是
预约不能取消。

④A:これ、どこで買ったの。/这是在哪儿买的啊?

B:どこって、マニラだよ。/你问在哪儿买的? 马尼拉呗。

新出单語

⑤制限速度(せいげんそくど)	(名)	限制速度
②おしっこ	(名・自サ)	小便
⓪休憩(きゅうけい)	(名・自サ)	休息
⑥パーキングエリア	(名)	停车区域
⓪車輪(しゃりん)	(名)	车轮
⓪故障(こしょう)	(名・自サ)	故障
①修理(しゅうり)	(名・他サ)	修理
①トンネル	(名)	隧道
⓪停車(ていしゃ)	(名・自他サ)	停车
⑤在来線(ざいらいせん)	(名)	与新干线相对应的原有的铁路线

第十六課　依頼・指示

・依頼をする　　　・依頼を受ける　　　・依頼を断る
・依頼をあきらめる　　　・指示する

会話1

（レポートをいつ、どこに提出しますか。）

教師：えー、では、最後に、学期末のレポートの提出方法について説明します。これについては、教務課の掲示板にも、そろそろ出るころだと思いますが。

学生：あの、まだです。

教師：あっ、まだ出てないんですか。おかしいわね。じゃ、後で確認して出してもらいますね。はい、まず、レポートのテーマですが、二つ出しますので、どちらか選んで書いてください。一つ目は、企業の海外進出したときに成功する条件。もう一つは、ベンチャーが成功する条件。この二つです。レポートの長さですが、A4サイズで、10枚程度でお願いします。

学生：あの、表やグラフも入れて10枚ですか。

教師：ええ、表やグラフは別にして、本文だけで10枚ぐらいです。ええ、それから、書式ですが、横35文字、縦40行で。それから、これ、大切な注意点なんですが、引用するときは、必ず本の題名とページを明記すること、他の人の文章を自分の物のように書かないように。もし見つけたら、レポートの点数、ゼロとしますので、気をつけてください。ええ、それと、当たり前のことですが、人のレポートは写さない。これも、見つけた場合、ゼロ点ですよ。それから、締め切りは、7月5日です。

学生：何時までですか。

教師：お昼の12時までです。午後の提出は受け付けません。提出先は、教務課です。電子メールでの提出はしないようにお願いします。はい、他になにか質問ありませんか。なかったら、今日の授業はこれで終わります。

会話2

（リナは何の用事でエミに電話しましたか。）

エミ：はい、杉本です。

リナ：もしもし、リナだけど。

エミ：あ、リナ。勉強、はかどってる？

リナ：ん、いまいち。エミはどう？

エミ：それがね。今朝から、おなかの調子、よくなくって、ずっとトイレに行きっぱなし
　　　なんだ。

リナ：ええ、どうしたの？ 明日の試験のこと、緊張してんの？

エミ：まさかあ、そんなんじゃなくて。昨日、食べた物にあたってのかなって。

リナ：ええ？

エミ：ご飯がちょっと変な匂いしてたんだけど、ま、いっかあって思って、そのまま食べ
　　　たからかな。

リナ：それって食中毒かも。危ないんじゃない？ お医者さんに行った？

エミ：まだなんだけど。

リナ：診てもらったほうがいいよ。

エミ：ん。わかった。で、何？ 何か用があったんじゃない？

リナ：あ、そうなんだけど。あのさ、あたし、昨日経済学のゼミ休んだでしょ。ハンドア
　　　ウト見せてもらいたいなあって思ってたんだけど。それと、いっしょにテスト勉
　　　強しないかなって。

エミ：あ、そっか。

リナ：でも、いいよ。誰か他の人、探してみるから。

エミ：ごめん、いいよいいよ。気にしないで。それより、お医者さんに早く行ったほう
　　　がいいよ。一人で行ける？ 連れてってあげようか。

リナ：ああ、大丈夫。一人で行けると思うから。

エミ：そう。じゃ、また、電話するね。

リナ：ん、じゃあね。

エミ：お大事に。

リナ：うん。ありがとう。

エミ：じゃあね。

リナ：バイバイ。

😊😊会話3

（佐藤さんは、部長に早めにはんこを押してもらえますか。）

佐藤：築山さん、築山さん。

築山：あ、佐藤さん。どうしたんですか。そんなに急いで。

佐藤：あのさ、もう、部長んとこ、書類持ってった？

築山：いいえ、これからですけど。

佐藤:ああ、よかった。あの、ちょっと頼みたいことなんだけどさ。

築山:何ですか。

佐藤:この書類、なるたけ早く部長のはんこ、ほしいんだよね。

築山:はあ。

佐藤:最近、部長忙しいだろ? 昨日も部長のデスク、書類の山だったしさ。

築山:ええ、そうなんですよ。最近、会議多いですし。

佐藤:だろ。それでさ、悪いんだけど、これ、上のほうに置いて、早く部長のはんこ、もら
　　　えるようにしてくんないかな。ちょっと、急ぎの書類でさあ。

築山:ええ。まあ、できないことはないですけど。そういう注文、多いんですよ。

佐藤:そこを何とか頼むよ。今度できたフレンチレストランのランチ、おごるからさ
　　　あ。

築山:ううん。じゃ、さりげなく、上のほうに出しときますね。

佐藤:うん、助かった、恩にきるよ。

～～～～～～～～～～～～ひとくちメモ～～～～～～～～～～～～

次の言い方を覚えましょう。

①父親:昨日の雨で川の水が増えてて危ないから、川の近くで遊ぶんじゃないぞ。

　　子供:はあい。

②ちょっと聞き取りにくいんですが、もう少し音量上げてもらうこと、できますか。

③早く元気になりたいんだったら、お酒はできるだけ飲まないようにしてください。

④これ、100枚コピーしてもらっていいかなあ。

⑤留守の間、うちの犬を預かっていただきたいんですけど。

⑥お母さん、悪いけど、これ明日までに洗っといて。

⑦明日の予約の時間を1時間遅くしていただけると、本当にありがたいんですが。

⑧締め切りは厳守すること。締め切りを過ぎてからの申し込みはできませんので、注
　　意してください。

練　習

Ⅰ 次のような場面では、どのように言いますか。適切なものを選んでください。

　1、35歳の男の会社員、小西さんは

　　　ア)会社で忙しそうな同僚に…

　　　イ)家で妻に…

　　　ウ)友達の家で奥さんに…

　　　エ)喫茶店で店員に…

    a. じゃ、コーヒーで。

    b. コーヒーか何かいただけると有り難いんですが。

    c. コーヒー入れて。

    d. 手が空いていたら、コーヒー入れてくれないかな。

2、33歳の女の教師、前田さんは

    ア）学校の会議で司会者として…

    イ）デパートで買い物をしている友達に…

    ウ）家で水道工事の人に…

    エ）学校で学生に…

    a. 3時までに終わること。

    b. 3時までに、終わらせたいんですが。

    c. 3時までに終われる？ちょっと、用事があるから、そうしてくれたらうれしいなあ。

    d. ちょっと、用事があるんで、3時までに終わっていただきますか。

Ⅱ 次のような場合、どう言いますか。

1、休んでいた授業のノートを友達に借ります。

    ————————————————————————

2、取引先にアポイントの時間を急に変更してもらいます。

    ————————————————————————

3、家にあるコンピューターを明日貸してほしいと友達に頼まれ、断ります。

    ————————————————————————

4、日曜日に引越しの手伝いをしてほしいと先輩に頼まれ、断ります。

    ————————————————————————

Ⅲ 次のような場合、なんとお礼を言いますか。

1、留守にするので、大家さんに宅急便を受け取ってもらいます。

    ————————————————————————

2、友達に車を借ります。

    ————————————————————————

Ⅳ 次のような場合、どちらの表現が適切ですか。

面接で、面接官が：（a）どうぞお座りください。

              （b）座ってくださいませんか。

学生が教師に：（c）よくわからなかったので、もう一度説明してもらえませんか。

          （d）よくわからなかったので、もう一度説明ください。

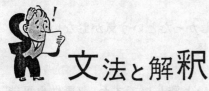

文法と解釈

1、必ず本の題名とページを明記すること。/一定要标明书名和页数。

　　「～ことだ」在表示劝诱时，与动词原形或否定形「ない」形连用，表示建议或忠告，相当于「(～する/しない)ことが最善だ」。比起「～方がいい」语气更为强调，与「～に越したことはない」意思基本相同。

①疲れているときは、ゆっくり休むことだ。/累了的时候，应该好好休息。

②日本語うまくなりたければもっと勉強することです。それ以外に方法はありません。/要想学好日语只有更加努力，此外没有别的办法。

③勝負は最後まであきらめないことだ。/比赛不到最后一刻就不该放弃。

④自分の部屋は自分で掃除することだ。/自己的房间自己打扫。

⑤子供に触らせたくないというのなら、最初から手の届くところにおかないことだ。/要是不想让孩子碰，刚开始就不该放在孩子能够到的地方。

2、ずっとトイレに行きっぱなしなんだ。/总是上厕所。

　　「～っ放し」表示本应做某事而不去做，"置之不理/放任不管"的意思，相当于「～したまま、放っておく」，与「～したまま」不同，「～っ放し」强调放任不管，多有消极的、负面的评价。

　　另外「～っ放し」还可以表示相同的事情或相同的状态一直持续着的意思。

①彼の悪いところはいつも新聞を読みっぱなしにして片付けないところだ。/他的缺点就是看完报纸就那么放着，从来不收拾。

②玄関のドアをあけっぱなしにしないでください。虫が入ってくるから。/别把大门就那么大开大敞着，会进虫子的。

③しまった。ストーブをつけっぱなしで出てきてしまった。/糟了！炉子开着就出来了。

④新幹線はとても込んでいて、東京から大阪まで立ちっぱなしだった。/新干线太挤了，从东京到大阪一直站过来的。

⑤今日は失敗ばかりで、一日中文句の言われっぱなしだった。/今天尽犯错，一整天净被别人说。

3、できないことはないですけど。/也不是不能办。

　　「～ないことはないが、～」是一种委婉说法，对对方意见持保留态度，避免100%的全面否定，含有「～ことは否定しないが、いろいろ問題が残されている」的意思，可以译为"不是不……、并非不……、不会不……"等。

①安くしてくれれば買わないこともない。/要是便宜点的话，也不是不买。

②行ってみたくないこともないが、お金を払ってまで行きたいとは思わないねえ。/也

不是不想去看，但还不到花钱想去看的程度。

③言われてみれば、確かにあの時の彼は様子がおかしかったという気がしないことも
ない。/这么说来，当时也确实觉得他的样子有些奇怪。

④A：1週間でできますか。/一个礼拜能做完吗？

B：できないことはないですが、かなりがんばらないと難しいですね。/要做也可能
做完，但不下大力气恐怕有些难度。

⑤お酒は好きではないが、つきあいで飲まないこともない。/我不喜欢喝酒，但因为交
际也不是不喝。

新出単語

⑤海外進出（かいがいしんしゅつ）	（名・自サ）	打入国际市场
①ベンチャー	（名）	冒险,投机
⓪書式（しょしき）	（名）	格式
⓪引用（いんよう）	（名・他サ）	引用
⓪題名（だいめい）	（名）	标题,题名
①明記（めいき）	（名・他サ）	标明
⓪締め切り（しめきり）	（名）	截止
③はかどる	（自五）	进展顺利
食べ物にあたる	（連語）	食物中毒
③食中毒（しょくちゅうどく）	（名・自サ）	食物中毒
④ハンドアウト	（名）	散发的资料
①デスク	（名）	桌子
⑤フレンチレストラン	（名）	法式餐厅
⓪おごる	（他五）	请客
④さりげない	（形）	若无其事的,毫不在意的
恩にきる（おんにきる）	（連語）	感恩,感激,领情

第十七課　文句

会話1

（お客さんはチケットの引き換えの際、結局どんなチケットをもらいましたか。）

店員：いらっしゃいませ。

客　：あ、チケットの引き換え、お願いします。

店員：はい、控えはお持ちでしょうか。

客　：ああ、はい。

店員：お客様、これ、次の土曜日の分ですね。

客　：ええ。

店員：この分のチケットは、今日の午後からしかお渡しできないことになっているんですが。

客　：えっ? 電話じゃ、今日大丈夫って聞いたんですけどね。

店員：ああ、さようでございますか。でも、お引き換えは今日の午後1時からとなっておりますので。

客　：いや、でもね、電話の人は、今日の午前中でも大丈夫って言ったはずなんだけど。

店員：はあ。

客　：今日からしばらく出張がつまってるし、今もらえないと、困るんだけどね。

店員：そうでございますか。では、しばらくお待ちいただけませんか。

客　：ああ。

店員：お客様、お待たせいたしました。では、仮のチケットを発行させていただきますので、当日、それを直接窓口に持っていただけますか。

客　：そしたら、入れるわけ?

店員：はい、こちらで、通常のチケットと同じように使っていただけます。

客　：あ、そう。じゃ、これでいいんだね。

店員：はい。どうもご迷惑をおかけして、申し訳ございませんでした。

😊😊会話2

（部長はなんで急がないのですか。）

部下：部長、近藤部長、急いだほうが、もう…

部長：いや、あっちか、あっちのほうだな。いや、すまないけど、ちょっと、もうちょっと待ててくれないか。

部下：もう待てませんって。

部長：いやいや、でも、もうちょっとだけだから。免税店で、ほら、みんなにおみやげ買っておかないと。

部下：もうそんな時間、1分もありませんって。

部長：いや、あるから。

部下：もう搭乗の時間が来てるんですから。

部長：チェックインは済ませてあるんだから、飛行機は待っててくれるって。どこにも飛んでいかないから。

部下：買い物する時間なんてもうないっすよ。買い物なら機内ででもできるじゃないですか。

部長：わかった、わかったよ。じゃ、あの、あれだ、ちょっと、トイレだけ、な、トイレ。

部下：ええ、ちょっ、部長ったら。もう、早くしてくださいよ。

😊😊会話3

（どうしてお客さまに隣の部屋を使ってもらったのですか。）

ホテルの人：はい、フロントでございます。

客　　　　：あのう、すみません。

ホテルの人：はい。

客　　　　：1302ですが。

ホテルの人：はい。

客　　　　：あの、シャワーが水しか出ないんですけど。洗面所のほうは、お湯が出るんですけど。それもちょっとお湯の出が悪くて、で、シャワーは水しか出てこないんですよ。昨日から。

ホテルの人：ああ、そうですか。申し訳ございません。すぐ調べます。

客　　　　：あの、シャワーのお湯が出ないの、昨日からなんですよ。昨日もフロントに電話して、直してもらうように言ったのに、まだ直っていないって言うのは、どういうことなんですか。

ホテルの人：昨日からですか。ご不便をおかけして、まことに申し訳ございません。あ

のう、よろしければ、すぐにお部屋をかえさせていただきますが。

客　　　　：それじゃ、そうしてくださる?

ホテルの人：はい。

客　　　　：水のシャワーはもういやですから。

ホテルの人：かしこまりました。それでは、ただいま、お調べいたしますので、このまま
　　　　　　切らずにお待ちいただけますか。

客　　　　：はい。

ホテルの人：お客様、大変お待たせいたしました。

客　　　　：はい。

ホテルの人：お隣の1301にお部屋をご用意いたします。30分後にはお使いいただける
　　　　　　ようにいたしますので。

客　　　　：じゃ、頼みますね。

ホテルの人：はい、大変ご迷惑をおかけいたしまして、申し訳ございませんでした。

～～～～～～～～～～～～～ひとくちメモ～～～～～～～～～～～～～～

次の言い方を覚えましょう。

①あのう、この電車、何時に出発するんですか。

②いったい、何時間待たされなくちゃいけないんですか。

③あの、シャワーの修理をお願いしたんですが、もう使えますか。

④テレビの修理をお願いしておいたのに、まだ直っていないってどういうことですか。

⑤昨日どうして連絡してくれなかったんですか。

⑥何時に出発するって?

⑦これじゃあ、タクシーに乗った意味がないじゃないか。

⑧わからないって言われても、こちらも困るじゃないですか。

⑨A：言ってくれないとわからないじゃない。

　B：ごめん。

⑩A：自分の部屋ぐらい掃除できないの?

　B：わかってるって。

〔 練　習 〕

Ⅰ 話している人が不満に思っている、または、文句を言っているものを選んでください。

　1、ア）（　　　）どうして、電話をしてくれないんですか。

　　イ）（　　　）どうして、電話をしないんですか。

　2、ア）（　　　）飲み物は、オレンジジュースですか。

　　イ）（　　　）飲み物は、オレンジジュースだけなんですか。

　3、ア）（　　　）日曜日、友達を1時間待ちました。

イ）（　　）日曜日、友達に1時間待たされました。
4、ア）（　　）母に手紙を読んでもらいました。
　　イ）（　　）母に手紙を読まれました。
5、ア）（　　）このシャツ、昨日買ったんですが、破れているんですけど。
　　イ）（　　）このシャツ、昨日買ったんですが、破っちゃったんです。
6、ア）（　　）明日までに、これ、直してくれないと困るんですよ。
　　イ）（　　）明日までに、これ、直してくれますか。
7、ア）（　　）今週の宿題、3ページもあるんですよ。
　　イ）（　　）今週の宿題、3ページ、あるんですよ。
　　ウ）（　　）今週の宿題、3ページしかないんですよ。

Ⅱ　次のような場合は、どう言いますか。
1、木村さんは鈴木さんと会う約束をすっかり忘れていた。
　　鈴木：もしもし、木村さん、今どこ？ 大学のバス停に1時だったよね？
　　木村：ああ、ごめん！ ＿＿＿＿＿＿＿＿。
2、今日締め切りの仕事はまだ半分しかできていない
　　田中：あの、係長。
　　係長：ん、なに？
　　田中：あの、実は＿＿＿＿＿＿＿＿。
3、友達に貸したCDを早く返してほしい（少し不満に思っているころを伝えたい場合）
　　あなた：＿＿＿＿＿＿＿＿。
4、レストランで注文したピザがなかなか来ない（まず催促するとき）
　　あなた：＿＿＿＿＿＿＿＿。

Ⅲ　次のような場合は、どう言いますか。
1、友達の鈴木さんに映画のDVDを返すのを忘れた。
　　鈴木：DVD、持ってきてくれた？
　　木村：あっ、忘れた！
　　鈴木：またあ。＿＿＿＿＿＿＿＿。
　　木村：ごめんね。明日必ず持ってくるから。
2、クリーニング店で、今日できているはずのスーツがまだできていない。
　　客　：これ、お願いします。（伝票を出す）
　　店員：はい。…あの、申し訳ございません。まだできていないようなんですが。
　　客　：＿＿＿＿＿＿＿＿。
　　店員：申し訳ございません。あと2、3時間後にはお渡しできるようにいたします。でき次第、すぐ電話させていただきますので。

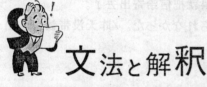

文法と解釈

1、今日の午前中でも大丈夫って言ったはずなんだけど。/今天上午明明还说没问题的……

　　「～はずだ」前接续动词过去时的形式,表示"的确是……、确实……"的意思。当用于说话人认为理所当然的事与现实不相符合的句子里,表示说话人感到奇怪、不可理解或后悔的心情。

①ちゃんとかばんに入れたはずなのに、家に帰ってみると財布がない。/明明放进包里了,可是回家一看钱包却不见了。

②おかしなことに、閉めたはずの金庫のカギが開いていた。/奇怪的是,明明上了锁的保险柜却是开着的。

③A:書類、間違っていたよ。/文件错了。

　B:えっ、よく確かめたはずなんですけど。すみません。/哎？我还仔细检查了呀,对不起。

2、そしたら、入れるわけ？/那样就能进得去吗?

　　「～わけだ」用于叙述从实际情况、前后的因果关系等考虑,合乎逻辑地得出后文理所当然的结果,相当于「～のは当然だ」。在叙述理由时,也表示得到已知事项的真正原因后的释怀,相当于「なるほど～は当然だ」。

①そんなことを言ったら、彼が怒るわけだよ。/说那样的话,他当然要发火了。

②えーつ！気温がマイナス5度！みんなコートのえりを立てているわけだ。/哎,零下5度！难怪都竖着领子呢。

③彼女の父親は私の母の弟だ。つまり彼女と私はいとこ同士なわけだ。/她父亲是我妈妈的弟弟,就是说她和我是表姐妹。

④イギリスとは時差が8時間あるから、日本が11時ならイギリスは3時なわけだ。/和英国时差是8小时,日本11点,英国当然就是3点喽。

⑤彼女は中国で3年間働いていたので、中国の事情にかなり詳しいわけである。/她在中国工作过3年,所以对中国的事情相当了解。

3、このまま切らずにお待ちいただけますか。/请您别挂断电话稍等一会儿好吗?

　　「～ずに」前面接续动词未然形,后文常用动词句,表示"在不(没有)……(的状态下),"做后文的动作。是一种书面语的表达形式,口语常用「～ないで」。

①ワープロの説明をよく読まずに使っている人が多いようだ。/好像有很多人没有很好地看说明书就用起文字处理机来。

②あきらめずに最後まで頑張ってください。/不要放弃,要坚持到最后。

③よく嚙まずに食べると、胃を悪くしますよ。/不好好咀嚼就吃下去,会把胃吃坏的。

④切手を貼らずに手紙を出してしまった。/没贴邮票就把信给寄出去了。
⑤昨日は財布を持たずに家を出て、昼ごはんも食べられなかった。/昨天没带钱包就出了门，结果连午饭也没吃上。

新出单語

⓪引き換え(ひきかえ)	(名)	换,交换,更换
②③控え(ひかえ)	(名)	留底儿,存根
⓪仮(かり)	(名)	临时
⓪発行(はっこう)	(名・他サ)	发售
⑤免税店(めんぜいてん)	(名)	免税店
⓪搭乗(とうじょう)	(名・自サ)	登机
①機内(きない)	(名)	飞机内
お湯の出(おゆので)	(名)	热水的出水情况

第十八課　提案

会話1

（打ち上げコンパの会場はどんな料理店にしましたか。）

斉藤：先輩、お疲れ様でした。無事終わりましたね。

内山：ああ、斉藤君もお疲れ。よく頑張ったね。

斉藤：もう、石沢先生の鋭いコメントには、冷や汗でしたよ。

内山：そうね。でも、まあ、初めての発表にしては上出来だったんじゃない。

斉藤：そおっすか。あ、で、あの、来週の打ち上げコンパなんですけど。

内山：うん。

斉藤：ほら、駅の北側にタイ料理の店、オープンしたじゃないですか。

内山：ああ。

斉藤：あそこ、けっこういいと思うんですけど。先輩どうですかねえ。

内山：うん、個人的にはね、OKなんだけど、石沢先生、ああいうの、だめなんだ。

斉藤：あ、ええ？ そうなんっすか。

内山：うん、なんかね、匂いが強い料理は食べられないみたい。だから、エスニックは全
　　　部はずしてんの。

斉藤：あ、じゃ、インドもだめ？

内山：うん。たぶんね。2年前の打ち上げでさ、その時は、ベトナム料理だったんだけ
　　　ど、結局ほとんど食べなかったし。なんか、中華は好きみたいだけどね。

斉藤：じゃ、どうすりゃいいのかな。

内山：ううん、ちょっと定番過ぎるかもしれないけど、「上海テーブル」にしない？

斉藤：ああ。

内山：あそこだったらいろいろメニューもそろってるし、石沢先生も好きだって言って
　　　たから。

斉藤：あ、分かりました。じゃ、予約入れてみます。

内山：うん、よろしくね。

会話2

（具体的な企画案は、どんなことがポイントになりますか。）

部下：あ、あの、課長。

課長：何?

部下：ちょっと今度の企画会議に向けて考えていることがあるんですが、きいていただけますか?

課長：あ、いいですよ。

部下：最近、女性向け商品の売り上げが伸びてないと思うんですけど。

課長：うん、そうですね。

部下：もっと消費者の声を聞いてくことが大事じゃないかなと思うんです。

課長：ま、そりゃそうだけど。で?

部下：これまでは商品モニターをやってましたよね。

課長：ああ。

部下：で、いっそ、ターゲットになるOLに集まってもらって、アイデアを出してもらうような場を作ったらどうかと考えているんですが、いかがでしょうか。

課長：そうですね。ま、生の声を聞くのは大事だと思いますけど、どうやってデータを集めるかがポイントになるんじゃないのかなあ。

部下：あ、はい。

課長：そこんとこを、もうちょっとつめて、具体的な案を持ってきてくれますか?

部下：はい、わかりました。じゃ、2、3日中にまたご相談します。

課長：うん、よろしく。

会話3

（窪田さんが、店を荒尾の駅前に出す理由は何ですか。）

女性：じゃ、次のショップをどこに出すかについてですが、まず、窪田さん、お願いします。

窪田：はい、では、ご説明させていただきます。え、うん、荒尾の駅前が有力候補として挙げられるのではないかと考えております。まず、この地域は、競合するコーヒーショップが少ないことと、新しいオフィスビルができたところですので、ターゲットになる客層が増えることが予想されます。また、土地の価格がそこまで上がっておりませんので、コストが抑えられることも魅力ではないかと考えます。

男性：でも、荒尾って、今出してるうちのショップからはちょっと遠いでしょ。運送コストがかかるんじゃないの?

女性：それから窪田さん、その新しいオフィスビル、今いくつぐらい会社が入ってるんですか。

男性：あ、そう言えば、あそこ、出足が鈍いって聞いたよ。

窪田：まあ、そこんとこは、あの、まだ調査中でして。

男性：そこんとこを、はっきりしないと、次進められないんじゃないの？ じゃ、ま、次の会議までにもう少しつめてから、再度、検討しましょうか。ね？

女性：そうですね。

窪田：分かりました。

女性：じゃ、次、佐々木さん、お願いします。

佐々木：はい。

・・・・・・・・・・・・・・・ひとくちメモ・・・・・・・・・・・・・・・・・・

次の言い方を覚えましょう。

①商店街の宣伝のためにラジオのコマーシャルに出てみたらどうかって思うんですけど。

②ゆっくり船で行くっていうのもいいんじゃないですか。

③母の日だから、カーネーションっていうのもね。

④フランス料理だとちょっと高くつくんじゃないですか。

⑤鎌倉は、皆行ったことがあるかもしれないし、どうかって思うんですけど。

⑥おすしの出前を取るとかは？

⑦私は、問題ないと思うけど。

⑧いいですね。じゃ、それでいきましょうか。

⑨それで、いいんじゃないでしょうか。

⑩ホームページを作るっていう方法も考えられるんじゃないでしょうか。

⑪お父さんに、お洒落なかばんあげてもねえ。

⑫そんなにしたいんだったら、一人ですれば。

練　習

I　こんな時、どういいますか。

1、次は、「する」ように言っているのか、「しない」ように言っているのか、どちらですか。

ア）a（　）やっぱり皆に意見、聞かないと。

b（　）皆の意見を聞かなくてもいいんじゃない。

イ）a（　）日曜日にミーティングしてもねえ。

b（　）ミーティング、日曜日にしたら？

ウ）a（　）日曜日にミーティングをするのは、どうかと思うけど。

b（　）ミーティング、日曜日にしたほうがいいんじゃない？

エ）a（　）レストラン、中華にしたほうがいいよ。
　　　b（　）レストラン、中華は、どうかなあ。
2、どちらのほうが、強い提案ですか。
　　ア）a（　）ホームページを作るのはどうかなあ。
　　　b（　）ホームページを作らなきゃ。
　　イ）a（　）冬は温泉のほうがいいでしょうねえ。
　　　b（　）やっぱり、冬は温泉ですよ。
　　ウ）a（　）ゼミの打ち上げ、居酒屋にしようよ。
　　　b（　）ゼミの打ち上げ、居酒屋にする？　中華にする？

Ⅱ 次のような場合、どう言いますか。
　1、友達に一緒に見る映画について提案する
　　友達：ねえ、次の映画、どれ見るか調べた？
　　あなた：＿＿＿＿＿＿＿＿＿＿＿＿＿＿＿＿＿＿＿
　　＿＿＿＿＿＿＿＿＿＿＿＿＿＿＿＿＿＿＿
　2、会議で短期アルバイトの雇用を提案する
　　同僚：コスト削減の案ですけど、Bさんはどう考えていますか。
　　あなた：＿＿＿＿＿＿＿＿＿＿＿＿＿＿＿＿＿
　　＿＿＿＿＿＿＿＿＿＿＿＿＿＿＿＿＿＿＿

Ⅲ 提案に反対する場合、どういいますか。
　1、友達に反対する：
　　ええ？　そんなの、面白くないんじゃない。
　　それって、あんまりよくないかも。
　　ううん、もうちょっと考えさせて。
　2、フォーマルな場面で反対する：
　　それは、ちょっと難しいかもしれないですよ。
　　ううん、でも、予算のこともありますしね。
　　ううん、もう少し検討させてもらえますか。
　　もう少し、お時間いただけませんか。

文法と解釈

1、ちょっと定番過ぎるかもしれないけど、「上海テーブル」にしない？／可能有点过于老套了，就定"上海餐馆"怎么样？
　　「～すぎる」接在名词、形容词、形容动词、动词后面，表示"过于……、太……"的意思。

①下宿のおばあさんは親切すぎてときどき迷惑なこともあります。/房东老太太过于热情了,有时反倒让我觉得麻烦。

②このあたりの家は高すぎて、とても買えません。/这一带房价太贵,根本买不起。

③子供の目は悪くなったのは、テレビを見すぎたせいだと思います。/我觉得孩子视力减弱的原因就是电视看得太多了。

④ゆうべ飲みすぎて頭が痛い。/昨晚喝多了,头疼得厉害。

⑤この役は思春期の役だから10歳では子供すぎて話にならない。/这是一个青春期年龄的角色,要演这个角色的话,10岁的孩子太小了。

2、ちょっと今度の企画会議に向けて考えていることがあるんですが、きいていただけますか?/我对这次的企划会议有些想法,您能听听我的意见吗?

在表示"面向"的意思时,「～向け」是指"以……为对象、把……作为对象"的意思。「～向き」主要是指"适合"的意思。比如:「成人向け＜対象＞エログロ・ビデオ(面向成人的黄色录像)」要是说成「成人向き＜適当＞のエログロ・ビデオ」的话,就变成了「エログロ・ビデオは成人にふさわしい(适合成人的黄色录像)」的意思了。

①高齢者向けに段差のない住宅が売り出されている。/现在有出售专门面向老年人、室内没有台阶的住宅。

②最近、中高年むけにスポーツクラブや文化教室を開いている地方自治体が増えている。/最近,开办针对中老年人的健身俱乐部和语言文化班的地区越来越多。

③若いお母さん向けの育児書が、飛ぶように売れている。/面向年轻妈妈的有关育儿方面的书籍非常好卖。

④若者向けの車では、デザインが重視される。/以年轻人为对象的汽车,重视车型的设计。

⑤テレビゲームは子ども向けだけでなく大人向けのものも、どんどん売り上げをのばしている。/不光是面向儿童的电子游戏、面向成年人的游戏软件销售也非常好。

3、新しいオフィスビルができたところですので…/新的办公楼刚刚建好……

用「～ところだ」分别接在动词的不同形态后来表示事态的局面,用来报告场面、状况、事情所处的阶段。「～たところだ」是"刚刚……"的意思,表示动作、变化刚刚完成之后不久,常与「今、さっき、ちょっとまえ」等副词连用。「～ているところだ」是"正在……"的意思,表示动作正在进行当中。「～ていたところだ」是"(当时)正……呢"的意思,表示状态的一直延续,多用于表达说明思考和心理状态,以及在此状态下发生变化或产生新的进展的情况。「～るところだ」是"正要……、正想……"的意思,表示动作或行为处于尚未发生、而就要发生的阶段,常与「ちょうど、今、これから」等副词连用。

①海外勤務を終え、先日帰国したとこるです。/结束国外的工作,前两天刚回国。

②電話したら、あいにくちょっと前に出かけたところです。/给他打了电话,不凑巧他刚刚出去。

③ただ今、電話番号調べているところのでもう少々お待ちください。/我正给您查电话

号码,请稍等。

④いい時に電話をくれました。私もちょっとあなたに電話しようというところだった。/你的电话来得真是时候,我也正想给你去电话呢。

⑤これから家を出るところですから、30分ほどしたら着くと思います。/我现在从家走,大约30分钟左右就到了。

新出単語

③冷や汗(ひやあせ)	(名)	冷汗
⓪上出来(じょうでき)	(名ナ)	做得很好
⑤打ち上げコンパ	(名)	演出、宴会、棋局等结束后的联欢
③エスニック(英 ethnic)	(名ナ)	民族情调的
⓪定番(ていばん)	(名)	固定不变的商品或事物
①モニター(英 monitor)	(名)	监测,监测器,评论员
①ターゲット(英 target)	(名)	靶子,目标
⑤有力候補(ゆうりょくこうほ)	(名)	重要的候补
⓪競合する(きょうごうする)	(名・自サ)	竞争
出足が鈍い(であしがにぶい)	(連語)	客流量小

第十九課　感想

- 状況について満足していることを述べる
- 自分がしたことについて満足していることを述べる
- 不満を述べる
- 後悔していることを伝える

会話 1
（美穂は何で前の会社をやめましたか。）

良子：美穂、新しい職場にもうなれた？

美穂：うん、慣れたといえば、慣れたのかもしれないけど、ま、まだ2ヶ月だから。

良子：そうだよね。突然仕事やめるって言い出して、前の会社やめちゃったじゃない。

美穂：うん。

良子：あの時は、やめたらって言ったものの、内心、言わなきゃよかったかなあって、実は、思ってたんだけどね。でも、すぐに仕事見つかってよかったね。

美穂：うん。あの時はありがとう。前の会社は、本当に、上司が最悪だったんだよね。仕事できないくせに、えらそうにしてるし。

良子：そういうのって頭くるよね。毎日愚痴ばかりだったもんね。

美穂：うん。それだけじゃなくって、不景気でさあ、ボーナスも出なくなってたし。

良子：ボーナスがないなんて、悲しすぎるよね。

美穂：うん。

良子：で、今度のところはどうなの？

美穂：うん。今のところは、いい感じ。皆親切にしてくれるし、人間関係は文句なしってとこかな。

良子：じゃ、会社、かわって正解だったね。

美穂：うん、やめようって決心して本当によかったよ。で、良子んとこは、どうなの？

良子：うち？　うちは、相変わらず。

会話 2
（面接の一）

（男性が前の会社を辞めた理由は何ですか。）

面接官：前の会社を辞めて、ここに応募した理由を簡単に話していただけますか。

男　性：はい。一番の理由は、チャレンジしたかったということです。ええ、前の会社
　　　　は、業績も悪くなく、システムもしっかりしていたんですが、若い社員が挑戦で
　　　　きる場所がありませんでした。なんていうか、上から言われたことをすれば、
　　　　それでいいという雰囲気だったので、仕事は楽でしたが、あまりやりがいを感
　　　　じることができませんでした。それで、もっと自分の力を試せる会社で働きた
　　　　いと思い、御社に応募しました。

（面接の二）
　（学生はこの会社でどんなことをしたいと考えていますか。）
面接官：それでは、大学時代に頑張ったことと、この会社でどんなことをしたいと考え
　　　　ているか、話していただけますか。
学　生：はい。私は大学では美術学部の建築科に在籍していたので、住宅の設計やデザ
　　　　インに大変興味をもってます。それで、夏休みかなんかには、海外のいろんな
　　　　町に出かけ、その国の伝統的な建物や目についた面白い建物を写真に収めたり
　　　　してました。多分、10カ国以上は行ったと思うんですけど、すごく勉強になり
　　　　ました。会社でしたいことですが、御社は注文住宅を専門にしておられるとい
　　　　うことで、ユーザーのご希望に合う、斬新なアイデアの詰まった家をデザイン
　　　　できればと思ってます。

🙂🙂 会話3

　（幸子さんは、年金についてどう思っていますか。）
幸子：ああ。私たち、いつまでコピーとお茶くみなんだろ。
優美：そうですよね。このまま給料も上がんないですしね。
幸子：ほんと、フリーターのほうがいいかなって、最近思ってるんだけど。
優美：でも、保険とか年金とかはないですよ。
幸子：けどね、給料安くて時間の融通が利かないんだったら、フリーターのほうがよっ
　　　ぽどいいかなって。自由だし、年金だって、将来ほんとにもらえるかどうかわか
　　　んないし。
優美：そうですよね。私たちみたいな安い給料だったら、フリーターのほうが気楽でい
　　　いかもしれないですよね。
幸子：そうだよ。あーあ、こんなんだったら、就職しなかったほうがよかったかもしん
　　　ない。
優美：でも、この会社に入んなかったら、幸子さん、木村さんに会えなかったですよ。
幸子：あ、そうだね。それに関しては、会社に感謝しないといけないよね。
優美：そうですよ。ああ、私にはいつ王子様がやってくるだろ？
幸子：そのうち、きっとやってくるよ。優美ちゃんなら、大丈夫。

優美：そうですかあ。

幸子：うん。

～～～～～～～～～～～ひとくちメモ～～～～～～～～～～～

次の言い方を覚えましょう。

①上司は厳しいんだけど、いろいろなことを教えてくれるんで、とっても勉強になります。

②今の会社は人間関係にも恵まれてて、居心地がいいよ。

③残業さえなければ、今の仕事に不満はないんだけどなあ。

④別の会社に入ったほうがよかったかもしれないなあって思ってるんです。

⑤職場の雰囲気はけっこういいんです。皆親切だし、仕事に責任を持ってるって感じなんです。

⑥うちの会社の給料には、ほんと参るよ。こんなに働いてるんだから、もっとあげてくれっていいたいよ。

⑦あの時、会社を辞めないでおいて、本当によかった。

⑧あまり文句のつけようがないですね。やりがいもあって、給料も悪くないし。

⑨うちはけっこう、休みが多いほうかな。

⑩みなさんによくしていただいています。

⑪まじめに勉強しといて、よかった。

⑫あの人、仕事できないのに、いばってるんだよね。

⑬残業さえなければ、最高の職場なんだけど。

⑭もっと勉強しとけばよかったんだけど。

⑮事前にお聞きすればよかったのかなあと思います。

練　習

I　こんな時、どういいますか。

1、満足しているのか、していないのか、どちらですか。

ア）a（　　）地方勤務にさせられたんだ。

　　b（　　）地方勤務になっちゃったんだ。

イ）a（　　）うちの会社の良いとこって給料だけなんだよね。

　　b（　　）うちの会社、何も良いことないんだよね。

ウ）a（　　）もっと休みがほしいなあ。

　　b（　　）休みが多いの、ありがたいなあって思うよ。

2、後悔しているのか、していないのか、どちらですか。

ア）a（　　）直接、文句なんか、言わなきゃよかったなあ。

　　b（　　）直接、文句なんか、言わなくてよかった。

イ）a（　）A 社に入って、本当によかったのかなあ。

　　b（　）A 社に入ってたら、本当によかったんだけどなあ。

ウ）a（　）あの時、病院に行っといてよかったよ。

　　b（　）あの時、病院に行ったほうがよかったかもしんない。

エ）a（　）どうして、あの時、転職しなかったんだろう。

　　b（　）あの時、転職してたらなあ。

Ⅱ 次のような場合、どういいますか。

　1、太郎：英会話、先生換わったんだよね。

　　琢也：_____

　　　　　_____

　2、田中：杉原さん、会社換わって一ヶ月だよね？ 調子どう？

　　杉原：_____

　3、先輩：今度、よくできたね。

　　太郎：_____

Ⅲ こんな時、どのようにいいますか。

　同じ職場の人（先生、友達など）について、親しい友達に愚痴をいってみましょう。

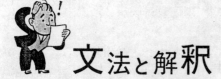
文法と解釈

1、やめたらって言ったものの、内心、言わなきゃよかった。／虽然当时跟你说"辞掉算了"，可是从内心来讲，当时要是不跟你说就好了。

　　「Aもの の B」表示逆接，表示尽管前项所述的事项成立，但由此所能预测到的事却没有发生或根本不可能发生的意思，相当于「Aだが、しかしB」，多用于消极承认 A 的同时，又列举与 A 相矛盾的 B，常用「～は～ものの」的形式。

　　「～とは言うものの」由「AもののB」引申而来，表示与从前项所预想或推测到的事态不相符合的意思。

①大学に入学したものの、授業についていけない。／虽然是上了大学，可根本就跟不上课程。

②今日中にこの仕事をやりますといったものの、とてもできそうもない。／虽然说是今天之内一定把工作做了，可是根本就不可能。

③招待状を出したものの、まだほかの准備はまったくできていない。／请柬倒是发了，可其他的准备还什么都没做。

④雨は降っているものの、体育祭は予定どおり行われることになった。／尽管下雨，运动会仍将如期举行。

⑤お見合いはしたものの、彼とは結婚する気にならなかった。/相亲去是去了,但并没有要和他结婚的意思。

2、仕事できないくせに、えらそうにしてるし。/工作做不好,还觉得挺了不起。

「～くせに/～くせして」用于表示后项的事态与从前项内容推测理应发生的事不相符合,后项多为负面评价,表示说话人的不满、指责、轻蔑。意思与「のに」相近,但「くせに」前后主语要求一致,一般是人做主语,而且「のに」主要用于表示说话人失望、遗憾、不安的感情色彩。

　　僕の部屋は風呂もないのに(×くせに)、家賃が六万円もするんです。

另外「～にもかかわらず」在表示逆接时,一般是做客观的陈述,不带有说话人的感情色彩。

　　　　あいつは金持ち　　なのに　　　　＜残念・失望＞

　　　　　　　　　　　のくせに　　　　＜非難・蔑視＞

　　　　　　　　　　　にもかかわらず＜客観的判断＞　　　　けちだ

①あの人は体は大きいくせに気が小さい。/那人块头不小,胆子却很小。

②彼は、自分では出来ないくせに、いつも人のやり方に文句を言う。/他自己做不来,却总挑别人的毛病。

③「あなたはお兄さんのくせして妹をいじめてばかりいるわね。」/"你还是哥哥呢,还总欺负小妹妹啊。"

④事情も知らないくせに、他人のことに口を挟むな。/不了解事情,别瞎插嘴。

⑤好きなくせして、嫌いだと言い張ってる。/明明喜欢,却硬说讨厌。

3、ボーナスがないなんて、悲しすぎるよね。/没有奖金,实在太让人觉得惨点。

「～など」的口语形式有「～なんか」「～なんて」,但「～なんか/～なんて」含有轻视或蔑视的感情色彩,若用于自己则含有"谦逊、自谦"的意思。

从接续形式上来看,前接名词时都可使用。如果前接动词、形容词,不能用「～なんか」。另外,后文接格助词时,可以说「～など/なんか＋格助词(が/を/に/で/と/へ)」,但不能用「～なんて」,而「～なんて」可以用「～なんて＋名詞(人・こと・物)」的形式,「～など/～なんか」却不能用。

　　お前なんか(・など/・なんか)死んでしまえ!

　　重要な会議に遅刻するなんて(・など/×なんか)、許せない。

　　例えば、推理小説なんか(・など/×なんて)が好きですね。

　　田中さんなんて(×など/×なんか)人は知らない。

①彼は社長などには、なれない。/他做不了总经理(之类的职务)。

②あなたのやっているような仕事は、私たちなどにはとてもできません。/你做的工作,我们之流的根本做不了。

③「日本語お上手ですね。」「いいえ、私なんか、まだまだ勉強が足りません。」/"日语说的真好啊。""哪里哪里,我这样的,还差得远呢。"

④お歳暮には、例えばビール券なんかを送ると喜ばれますよ。/年终的礼物,比方说啤

酒券之类的会受欢迎。

⑤あの人のいうことなんて、うそに決まっていますよ。/那个人说的,一定是谎言。

⑥政治家なんて信じられない。選挙が終われば選挙民のことなど忘れてしまう。/政
治家什么的不可信,选举一完就把选民给忘了。

新出単語

◎内心(ないしん)	(名)	内心
◎正解(せいかい)	(名・他サ)	正确答案,做得好
◎愚痴(ぐち)	(名)	怨言,牢骚
◎斬新(ざんしん)	(ダナ)	崭新的
融通が利く(ゆうずうがきく)	(連語)	灵活,随机应变
①王子(おうじ)	(名)	王子

練習の答え

第一課

Ⅰ 1、c   2、a   3、d   4、b

Ⅱ 1、CBDA   2、EADBFC   3、DBCA

Ⅲ BAC

第二課

Ⅰ 1、b   2、d   3、a   4、c

Ⅱ 1、1   2、4   3、2   4、3

Ⅲ 1、あのう、体の具合が悪いので、学校を休みたいのですが…

　　2、あるんだけど/お金を貸してほしいんだけど…

　　3、あのう、こちらのクラブに入会したいんですが…

　　4、この書類にははんこをいただきたいんですが…

Ⅳ 1、D   2、C   3、B   4、A

第三課

Ⅰ 1、傘なら一本届いておりますが、

　　2、修理することはできますが、かなり費用がかかりそうですけど、

　　3、部長さんからお電話がございましたが、

Ⅱ 1、白石でございます/武は今出かけております

　　2、7時ならお取りできます/窓際の席は予約が入っているんです/喫煙席と禁煙席とどちらがよろしいですか

　　3、値引きできます/修理させていただきます

第四課

Ⅰ 1、(例)安く買いたいんならね4週間前までに予約するといいのよ。そうするとね、4割引にしてくれるんだけどね、キャンセルすることができないからね、ちゃんと予定を決めてから申し込んだほうがいいね

　　2、(例)このごろはねいろんな健康食品が売り出されていてね、ずいぶん多くの人が愛用しているようだけどね、ほんとに体にいいのかどうかっていうとね、どうも分からないみたいだよ。元気になるどころかね反対に体を壊す人もいるそうだからね、気をつけたほうがいいんじゃないかな

Ⅱ（例）ただいま<u>ですね</u>、お年寄りの食事や風呂のお世話をしてくださるボランティア
をですね、探しているのですが、ご希望の方は<u>ですね</u>、市役所までおはがきでお申し
込みください。はがきには<u>ですね</u>、お名前ご住所とともに、ご都合のいい曜日と時
間をですね、書き込んでいただき、今月までに<u>ですね</u>、お申し込みください。

第五課

Ⅰ 1、そうですか。/そうでしょうね。/なるほど。/そうですね。

2、なーに? /ふーん。/遊んでばっかりだったのね。/そうそう。/ほんとよね。

3、へえ、そう。/そうか。/えっ、それで?

4、それはよかったね。/あ、そう。/なるほど。/へえ、そうなの

Ⅱ 1、うん。/そうなの。

2、そうですか。/そうでしょうね。

3、うん。/へえ。/それで?

Ⅲ d / a / b / c

Ⅳ c/ d/ a/ b

第六課

Ⅰ 1、ね。/ね。/ね。

2、ね。/ね。

3、ね。/ね。/ね。

4、ね。/ね。/ね。

5、な。/な。/な。

Ⅱ 1、c/a/b/d/f/e

2、d/a/c/b

3、d/e/c/b/a

Ⅲ 名前と住所と電話番号を書くんですね。/封をするんですね。/はんこを持ってこ
なかったんです。

第七課

Ⅰ 1、よ。/よ。　　　　2、よ。/よ。

3、よ。/よ。　　　　4、よ。

5、よ。/よ。　　　　6、よ。/よ。

7、ぞ　　　　　　　8、ぞ

9、ぞ　　　　　　　10、ぞ

Ⅱ 1、d　　2、a　　3、b　　4、c

Ⅲ 1、休もう　2、使え　3、考え直せ　4、待って　5、言わないで

Ⅳ 1、c　　2、a　　3、b　　4、d

Ⅴ 1、よ　　2、ね　　3、よ/よ/よ　　4、よ/ね　　5、よ/ね

第八課

Ⅰ 1、本日はパーティーにお招きいただきまして…

　2、課長に昇進なさったそうで…

　3、せっかく来てくださったのにお構いもできませんで…

　4、日本へ来たばかりで分からないことばかりで…

　5、先日は酔っ払ってご迷惑をかけたそうで…

Ⅱ 1、c　　2、e　　3、d　　4、b　　5、a

Ⅲ 1、c　　2、b　　3、a　　4、d

Ⅳ 1、b　　2、d/a　3、e　　4、c

第九課

Ⅰ（例）

　1、明日は試験前なので、ちょっと…/でも、練習の後は疲れますし…

　2、土曜日はちょっと…

　3、あのう、ちょっと…/お宅の犬が少し…/犬の声がどうも…

Ⅱ 1、d　　2、c　　3、a　　4、b

Ⅲ 1、ぼく、テニスはちょっと…

　2、ぼくは納豆はどうも…

　3、来週の日曜日はちょっと…

Ⅳ 1、今回はちょっと…/いろいろやることがあります

　2、今晩はちょっと…

　3、ここに車をとめるのはちょっと…

　4、テレビの音がちょっと…

Ⅴ 1、d　　2、a　　3、b　　4、c

Ⅵ 1、c　　2、a　　3、d　　4、b

第十課

Ⅰ（例）

　1、わたしは次の駅で降りますから。

　2、見てるだけですから。

　3、また電話させていただきますので。

　4、ちょっと休ませてもらったらよくなると思いますから。

Ⅱ 買ってこなくてもいいよ/買っ（てある）/じゃ、悪いけど、お願い

Ⅲ 1、d　　2、e　　3、a　　4、b　　5、c

Ⅳ（例）今、忙しいです。/出かけるところな。

Ⅴ 1、c　　2、e　　3、a　　4、b　　5、d

第十一課

Ⅰ（例）
1、っけ　　　　2、かな/かな　　　3、かな/かな/かしら
4、かな/かな　　5、かしら/かな　6、っけ/っけ
7、かな/かしら　8、かな/かな

Ⅱ 1、やさしかった　　　　2、ぼくのほうがかわいい
3、結婚相手で決まる　　4、一生、独身　　5、来られる

Ⅲ a/d/c/b

Ⅳ 1、買おう　　　2、（例）就職しよう　　　　3、しよう
4、してくれる（してくれない）
5、（例）どうしてる（どうしたの）
6、（食）べられる（べてもいい）

Ⅴ 1、（例）まけてくれない
2、（例）母国語のほうが大切な
3、（例）朝ごはんを食べるほうが大切な

Ⅵ 1、b　　2、a　　3、c　　4、d　　5、e

Ⅶ 1、d　　2、e　　3、b　　4、c　　5、a

第十二課

Ⅰ 1、伝言お願いできるかな。
　　/って伝えといてもらえる？（伝えといてもらえない？）。
2、伝言よろしいでしょうか。
　　/お伝えいただけますか？（お伝え願えませんか？）。

Ⅱ 1、家に電話をかけるように伝えてもらえる？（友達などよく知ってる人には）。
2、お帰りになりましたらお電話くださるようにお伝えいただけますか。（よく知らない人や目上の人には）。

Ⅲ 1、何か伝えとくことある？（何かいっとこうか？）。
2、何か伝言がありましたら、伺いますけど。（伝言をお伺いしましょうか。）。

第十三課

Ⅰ 1、興味があったら一緒にマライア・キャリーのコンサートに行かない（行きますよね/行ってみない？）
2、時間があったら（もしよかったら、一緒に食事に行かないかなって思って。）

Ⅱ 1、ごめんね（悪いけど）今日ちょっと約束が入っててまた誘ってくれない。
2、その日は多分大丈夫だと思いますけど。（断れない場合は、あまり積極的な返事をしないことが多い。）

Ⅲ 1、ご興味がおありでしたら（よろしかったら）/たぶん、無理だろうなって思っていたんだけど。

2、月曜日だったら、いいけど。(ちょっと約束が入って。)(誘いを断る)/もちろん
参加します。(うん、いく。/ええ、ぜひ。)誘いを受ける/後で連絡(電話)しても
いいですか(ちょっと考えさせてもらってもいいですか。)(誘いを受けるかどう
か分からないとき)

第十四課

Ⅰ 1、今日はすこし早く帰ってもいいですか。(許可をもらうのが簡単だと思うとき)
2、帰らせてもらうわけにはいきませんか。(許可をもらうのが難しいと思うとき)

Ⅱ 1、はい、どうぞ。(どうぞ座ってください。)(許可を与える権限はない)
2、はい、撮ってもいいです。(許可を与える権限を持っている)

Ⅲ 1、悪いけど、座ってる人がいます。
2、ここは予約席なので、一般のお客様は座れないことになっています。申し訳ござ
いませんが、あちらのお席にお願いします。

Ⅳ 1、すぐ返してくれるんだったら、ノート、見せてあげてもいいけど。
2、クレジットカードのお支払いは3000円以上でお願いしたいんですが。

第十五課

Ⅰ 1、ア)a　　　イ)b　　　ウ)a
2、ア)b　　　イ)b　　　ウ)a
3、ア)b　　　イ)b　　　ウ)a
4、ア)a /b　　　イ)a/b　　　ウ)b
5、ア)a/b　　　イ)a　　　ウ)b

Ⅱ (例)
1、先生もよくクラスに遅れて来るんじゃない?
2、朝と夕方は、道が混雑するので、時間がかかることが多いらしいんですよ。

Ⅲ (例)
1、詳しく知らなかったり、よく覚えていなかったりする場合には、「間違いかもしれ
ないけど/よくわかんないだけど」などの前置き表現を使います。また聞いた情
報についても、誰から聞いたかはっきりしない場合は、「～んだって」「そうです
よ」ではなく、「なんか/誰かが～とかいっていたよ」「～みたいですよ」「～らしい
ですよ」などをつかうことがおおいです。また、「～とか言っていた」「～みたい」
「～らしい」は、話す人がその情報についてよく知っていても、その情報に対して
責任を持ちたくないときや、はっきり言いたくない時にも使います。

2、例えば、「～はず」や「～に決まっている」は、話し手が判断を正しいと思っている
ときに使います。しかし、話し手が判断を正しいと思っていても、話す内容に責
任を持ちたくないときや、はっきり言いたくないときには「～かもしれない」「～
んじゃない?」のような表現を使うことがあります。

第十六課

Ⅰ 1、ア）d　　イ）c　　ウ）b　　エ）a
　　2、ア）b　　イ）c　　ウ）d　　エ）a

Ⅱ（例）

　　1、ちょっと、ノートを貸してくれる？

　　2、無理なお願いで申し訳ございませんが、打ち合わせを別の日にしていただけると
　　　ありがたいんですが

　　3、すみませんが、明日はちょっと…

　　4、申し訳ないんですが、日曜日はちょっと…

Ⅲ（例）

　　1、無理を言ってすみません/助かります

　　2、ありがとうございます/恩にきます

Ⅳ 1、a　　　　　　　　2、c

第十七課

Ⅰ 1、ア）（イントネーションによりイも）

　　2、イ）

　　3、イ）

　　4、イ）

　　5、ア）

　　6、ア）

　　7、ア）ウ）（イントネーションによりイも）

Ⅱ（例）

　　1、すっかり忘れて、今すぐ行きます。

　　2、半分しかできていなんですが…

　　3、こないだ貸したCDなんだけど、他の友達が貸してほしいって言ってるの。

　　4、あの、まだピザがこないですか。

Ⅲ 1、ちゃんと覚えてくださいよ

　　2、今すぐもらえないと、困るんですよ

第十八課

Ⅰ 1、ア）a(する)b(しない)

　　　イ）a(しない)b(する)

　　　ウ）a(しない)b(する)

　　　エ）a(する)b(しない？ する　イントネーションによって異なる)

　　2、ア）b　　イ）b　　ウ）a

Ⅱ 1、例）いいのがいっぱいあって。ドラマっぽいのがいい？ それか、アクションがい
　　　い？ 私は、アクションすきなんだけど。

2、例)あ、はい。今、うちの会社は95％が正社員ですけど、他の会社と比べてこれは
　　やはり、多いと思うんです。それで、短期アルバイトを雇うって言うのはどうで
　　しょうか。コスト削減になりますし、最近は、やる気のあるまじめなバイトさん
　　も見つけやすいですし。

第十九課

Ⅰ 1、ア）a（不満）　　　　　　　b（不満）
　　　　イ）a（不満）　　　　　　　b（不満）
　　　　ウ）a（不満）　　　　　　　b（満足）
　　2、ア）a（後悔している）　　　b（後悔していない）
　　　　イ）a（後悔している）　　　b（後悔している）
　　　　ウ）a（後悔していない）　　b（後悔している）
　　　　エ）a（後悔している）　　　b（後悔している）

Ⅱ 1、例)うん。けっこう明るい先生で、授業が面白くなったし、いい感じ。
　 2、例)職場もいい雰囲気だし、会社変わってよかったよ。
　 3、例)いや、まだまだです。（頑張ったって思わない？　今回は、よかったかも。）

Ⅲ 例：彼には本当にまいってるのよ。仕事できないくせに、あれこれ言う。私のほう
　　　が彼より仕事できるのにさ、女だからってずっと、昇進もないし、ほんとに腹が
　　　立つ。

実践篇

第一課　面接

会話

（1）（周さんは友達の紹介である会社に面接に来ました…）

面接者：ああ、周さんですね。よくいらっしゃいました。

周さん：はい、周と申します。どうぞよろしくお願いします。

面接者：それでは、どんな理由で当社に入社を希望されたのですか。

周さん：その動機は二つあります。一つはいま勤めている会社には仕事があまりなくて、いつもひまです。まだ若いですから、いつまでもこんな具合では困ります。もう一つは日本語を大学一年生の時から今まで約7年間も勉強したので日本の企業で実践してみたいと思っています。

面接者：それはいいお考えですね。たしかに当社では日本語を使うチャンスが多いです。ところで、周さんは結婚していますか。

周さん：いいえ。まだ独身です。

面接者：健康状態はいかがですか。

周さん：ご覧のとおりとても元気です。今まで病気一つしたこともありません。

面接者：あの、日本語のワープロはできますか。

周さん：いいえ、それはできません。

面接者：では、英文タイプはできますか。

周さん：学生時代は得意でしたが、卒業してからはあまりしておりませんので、手先がかたくなって、いまは50ワードぐらいでしょう。

面接者：タイプの基礎があるわけですから、習えばすぐできるはずですよ。

周さん：もし、入社できれば、ぜひ日本語のワープロにも挑戦してみたいと思います。

面接者：今の会社では月給はいくらぐらいですか。それを聞いてもいいでしょうか。

周さん：かまいません。いま手取りで850元です。

面接者：そうですか。では、すみませんが、日本語のテストをしたいんですが、この文章を日本語に翻訳してください。30分間でできますか。

周さん：はい、わかりました。

面接者:では、これが用紙です。頑張ってください…

周さん:終わりました。

面接者:おぉ、速いですね。20分間でできたのですか。字もきれいですね。

周さん:恐れ入ります。ほめていただきましてありがとうございます。

面接者:当社は週休二日制で、残業の場合は手当が出ます。もし周さんが合格になれば、給料はいま周さんがもらっている分の2倍ぐらいにはなると思います。ただし、試用期間の三か月の間は半額ですので、ご了承願います。

周さん:はい、分かりました。で、一つお聞きしてよろしいですか。

面接者:どうぞ遠慮なくおっしゃって下さい。

周さん:病気にかかった場合についてですが。

面接者:会社のほうで全社員のために医療保険をかけています。また、養老保険も中国政府の要求通りにかけています。

周さん:はい、よく分かりました。

面接者:あの、周さん、きょうはいろいろ聞きまして、また筆記試験もしましたが、あとでうちの社長に報告して最終的に決定いたします。今週中にはその結果を電話でお知らせします。

周さん:はい。よろしくお願いいたします。

面接者:本日はわざわざ来ていただいてどうもありがとうございます。

周さん:どうもありがとうございました。

(2)(面接について女子学生が先生に相談に来ました…)

女子学生:先生、私、今度、就職の面接に行くんですが、何かいいアドバイスをお願いします。本には志望動機や自己PRをしっかり考え、質問に対して熱意を持って答えるようにと書いてあるんですが…

先　　生:ま、それは、誰でもすることですよね。

女子学生:そうすると、やはりほかの人と違うことを言ったほうがいいんですか。

先　　生:確かにそうすれば、面接官は、すこし興味を示すでしょうね。でも、採用するかどうかは、その違いが本物かどうかで決まるんじゃないでしょうか。

女子学生:本物というと…

先　　生:うん、つまり、面接官にとって、「耳に残る情報」でなく、「心に残る情報」を話せるかどうかということです。

女子学生:心に残る情報ですか。

先　　生:そう、それは、エピソードと言ってもいいんだけれど、そういう情報には、必ず経験や体験に基づく話があってね、それが人の心を打つんです。面接官は、大勢の人と話をしているから、その表現にエピソードがあるかどうかで、その人の話が本物か偽物かが分かるんです。

女子学生:なるほど。

豆知識

面接のポイント

1、緊張せずにリラックスすること。

2、自分の考えを自分の言葉で具体的に語ること。

3、自分を良く見せようと無理することは禁物。

4、「採用してもらう」という気持ちが強くなって、聞きたいことも聞けなくなりがちだが、後で「こんなはずじゃなかった」と思うことのないよう、意欲的に質問しておいた方がよい。

5、あなた自身も企業側を面接しているという気持ちで臨む。

次の注意点をよく見ておこう

●中途採用の面接は、新卒採用の面接と比べ、厳しいものと心得る。

●就職ノートでまとめた志望動機を再チェック。

●身だしなみや服装に注意。

●時間厳守(5分前行動)。

●会社に一歩足を踏み入れた瞬間から、面接が始まっているものと心得る。

●携帯電話の電源は切ってあるか確認する。

●緊張して当たり前、失敗を恐れない。

●真摯な態度で臨む。

●自分の考えを自分の言葉で具体的に語る。

●積極的に自己PRをする。

●モジモジしない。

●前の会社の悪口は絶対に言わない。

●自分自身については、過大評価も過小評価もしない。

●返事は曖昧にしない。

●会社を完全に出るまでは、面接は終わっていないと心得る。

よくある質問事項

●志望動機は何ですか?

●なぜ、当社に応募したのですか?

●あなたは、当社で何をやりたいのですか?

●あなたは、当社で何が出来ますか?

●あなたの長所、短所は何ですか?

●自己紹介(自己PR)をして下さい。

●趣味は何ですか?

●今までの職歴を説明して下さい。

●退職理由は何ですか?
●これだけは人に負けないと思うものは何ですか?
●一番大きな失敗は何ですか?
●他にどのような会社を受けていますか?
●最後に何か質問はありますか?

注意!
　面接官がわざわざ質問するくらいだから、その質問にはちゃんと意味がある! 例えば、「大きな失敗は?」という質問では、「どのように対処したのか」、マイナス的表現で話していないか、そこから何を得たのか」などが、チェックされているよ。

自己紹介のコツ
　自己紹介は職場での第一印象を決定する大切なポイント。嫌味にならず自分自身をさりげなくアピールするのがコツ。
●ふだんより、ゆっくり大きな声で。うつむいたり、キョロキョロしたりするのは禁物。
●これまでの経歴を簡略に述べる。苦労話やグチは禁物。
●仕事にかける夢や意気込みをイキイキと語り、最後に指導や協力をあおぐことばでしめくくる。ことばづかいは丁寧に。

ドリル　田中さんは今年大学を卒業予定で今就職活動に励んでいます。この日、田中さんはある建築会社で面接を受けます。初めての面接なのですが、果たしてうまくできるのでしょうか。田中さんになって面接を受けてみませんか。

新出言葉

①当社(とうしゃ)	(名)	本公司,我公司
⓪入社(にゅうしゃ)	(名・自サ)	总社,总公司
①動機(どうき)	(名)	动机
⓪実践(じっせん)	(名・他サ)	实践
⑤健康状態 (けんこうじょうたい)	(名)	健康状态
①タイプ(する)	(名・他サ)	打字
③手先(てさき)	(名)	手头儿
①ワード	(名)	字,词
②基礎(きそ)	(名)	基础
③手取り(てどり)	(名)	纯收入

①テスト(する)　　　　　　　　（名・他サ）　　　考试
①手当て(てあて)　　　　　　　（名）　　　　　津贴,补贴
④試用期間(しようきかん)　　　（名）　　　　　试用期
◎半額(はんがく)　　　　　　　（名）　　　　　半价
◎了承(りょうしょう)　　　　　（名・他サ）　　　晓得,谅解
④医療保険(いりょうほけん)　　（名）　　　　　医疗保险
⑤養老保険(ようろうほけん)　　（名）　　　　　养老保险
④筆記試験(ひっきしけん)　　　（名）　　　　　笔试
◎報告(ほうこく)　　　　　　　（名・他サ）　　　报告
◎最終的(さいしゅうてき)　　　（形動）　　　　最终的
◎決定(けってい)　　　　　　　（名・他サ）　　　决定
①本日(ほんじつ)　　　　　　　（名）　　　　　今天

第二課　電話

😊😊会話

(1)（李さんは北方商社に電話をして合弁の件について打ち合わせを希望しています
　　が…）

李　：もしもし。

張　：北方商社の張でございます。

李　：ああ、張さんですか。この前はどうもありがとうございました。

張　：いいえ、こちらこそ。

李　：お忙しいですか。

張　：まあまあですね。そちらはいかがですか。

李　：貧乏暇なしですね。ところで、白山課長はいらっしゃいますか。

張　：すみませんが、課長は今来客中です。

李　：そうですか。

張　：もうそろそろ終わると思いますが、戻りましたら折り返しお電話を差し上げるよ
　　　うにいたしましょう。

李　：はい、お願いします。

張　：あ、李さん、ちょっと待ってください。課長が今ちょうど戻りましたから、換わり
　　　ます。

李　：はい、ありがとうございます。

白山：白山です。李さんですか。お待たせしまして申し訳ございません。

李　：白山課長、お久しぶりですね。実は今日はちょっとご相談したいことがございま
　　　して、お電話をいたしました。

白山：なんでしょうか。

李　：この前申し上げた合弁の件なんですけれども。

白山：そうですか。しかし、ここ二三日はちょっと時間がないんですが、お急ぎですか。

李　：ええ、ちょっと。お時間を割いていただけませんか。

白山：あいにく、昼食を済ませたらすぐ出張しますので、申し訳ないんですが、本当に時
　　　間がないんですよ。

李　：それは残念です。

白山：それなら、まず田中と話してください。彼は業務開発の担当ですから。いかがで
　　　しょうか。

李　：はい、分かりました。では、今日の午後はいかがでしょうか。

白山：いいですよ。そう手配させます。

李　：それはありがたいです。

白山：それでは、午後2時にこちらの応接室ではいかがでしょうか。

李　：はい、結構です。午後2時にお伺いします。ご手配ありがとうございました。

(2)（森田さんは田中さんに電話しましたが、番号を間違えてほかの課につながりまし
　　た…）

秘書：はい、倉田商事です。

森田：こちらは神田貿易の森田ですが、田中さんをお願いします。

秘書：えっ、田中ですか。ここには田中というものはおりません。

森田：あの、女の方で、先週北京からそちらに転勤したばかりなんですが。

秘書：そうですか。しかし、この課には女性は一人もおりませんが、何課へおかけです
　　　か。

森田：繊維課ですが。

秘書：こちらは機械課ですけど。

森田：あっ、すみません。間違いました。掛けなおします。

秘書：もしもし、そのままお待ちください。こちらから繊維課にまわしましょう。内線
　　　は576番ですから、よく間違われます。

森田：ご親切にありがとうございます。

秘書：いいえ、どういたしまして。今お回ししますから、そのままでお待ちください。

豆知識

電話をかけたら

●ダイヤルする前に

　相手の会社名や名前、用件をチェック。用件はあらかじめ整理して、メモにまとめて
おくとよい。

●いきなり用件に入らない

　「～の件でお電話いたしました」とまず前おきをする。用件が多い時は「いまよろし
　いでしょうか」と相手の都合を確認するくらいの配慮がほしい。

●電話を切る時

　ひと呼吸置いて静かに受話器を置く。ガチャンと切るのは感じが悪い、気をつけよ
　う。

電話を受けたら

●電話のベルは2回まで

ベルが鳴ったらできるだけ早く受話器を取ること。ベルが3回以上鳴ってから取った時には「お待たせしました」のひと言をそえる。

●「もしもし」は不要

第一声は「はい」と答えてから、会社名、氏名を名乗る。外線ならば「○○会社の○○部でございます」、内線ならば「○○部の○○でございます」。

●相手を必ず確認する

相手が名乗らない場合には、「失礼ですが、どちら様でしょうか」と、相手の名前や会社名を確認する。

●挨拶も忘れずに

相手が社外の人の場合は、たとえ自分と直接関係のない相手でも「いつもお世話になっております」とひと言挨拶をする。

●メモは正確に

相手の会社名、名前、日時は正確にメモをとる。用件は復唱して確認、特に数字は間違えないように。不明瞭な点や聞き取りにくい場合には、「失礼ですが」と聞きかえして、確実に用件を把握する。

●伝言メモの例

日付　月　日（　）午前.午後　時　分
様へ　　　　　　　様より
電話□電話がありました
□電話をいただきたい（　　　）
□もう一度電話します（　日　時 　　分頃に）
来訪□来訪されました
□もう1度訪問します（　日　時 　　分頃に）
□用件は下記の通りです。
取次ぎ者

必要な項目を明記したメモ用紙を電話のそばに用意しておくとよい。

こんな電話応対はやめよう！

●「少々お待ちください」で保留にして、しばらくして「ただ今外出中でした」では居留守と勘違いされてしまう。「席をはずしておりますので、かわりにご用件をおうかがいいたしますが」と言う。

●かけた電話が何回も違う部署に回され、その度に名前は？用件は？と聞かれるのはイヤなもの。電話を回す時には、「○○社の△△さんから××の件で」と、伝えておこう。

●電話の向こうの大きな話し声や笑い声、ライターの火をつける音がしたら姿は見えずとも電話は会社の雰囲気を伝えてしまう。こんなところにも気配りをする。

電話の取り次ぎ例

A:田中はあいにく外出しております。お急ぎのご用件でしょうか。

B:はい、ぜひとも今日中にお話ししておきたいことがあるのですが。

A:4時頃戻りますので、その頃こちらからお電話差し上げてよろしいでしょうか。

B:その頃は会議なんですよ。終ってから電話を差し上げると、もう6時半位になるのですが。その時間、田中さんはいらっしゃいますか。

A:はっきりいたしませんが、田中が社に戻りましたら、（田中が）ご連絡の方法を御社のどなたかにご伝言させていただくということではいかがでしょうか。

B:それでは、うちの鈴木に伝言をお願いします。

A:かしこまりました。

ドリル　鈴木さんはサラリーマンになって以来、会社にかかってきた電話に出ることを一番苦手に感じています。電話でのやりとりの中で、どうすれば相手の気分を損なわずにうまく話を進めていけるのか、いまいちわからないからです。そんな鈴木さんの身になって、用件やクレームの電話に出てみませんか。

新出言葉

貧乏暇なし（びんぼうひまなし）		穷忙,越穷越忙
⓪来客（らいきゃく）	（名）	来客
⓪折り返し（おりかえし）	（名・副）	立即
⑤⓪申し上げる（もうしあげる）	（他下一）	说,提及
⓪合弁（ごうべん）	（名）	合办,合营
①割く（さく）	（他五）	匀出,腾出
④業務開発（ぎょうむかいはつ）	（名）	业务开发
②①手配（てはい）	（名・自他サ）	安排
⓪転勤（てんきん）	（名・自サ）	调动工作
①繊維（せんい）	（名）	纤维
④掛け直す（かけなおす）	（他五）	再打(电话),重新拨打
⓪回す（まわす）	（他五）	转
⓪内線（ないせん）	（名）	内线

第三課　来客

😊😊会話

(1)（山下さんは急用のためアポイントなしである会社を訪れました…）

秘書：いらっしゃいませ。

山下：こんにちは。（名刺を差し出しながら）私は東京物産の山下と申しますが、ほか
　　　の用事で、ちょうどこの辺にまいりましたので、寄らせていただきました。まこ
　　　とに申し訳ございません。企画部の李さんにお会いしたいんですが、李さんのご
　　　都合はいかがでしょうか。

秘書：企画部の李納ですか。

山下：はい、そうです。取り次いでいただけませんか。

秘書：今すぐ、李納に電話しますから、そちらのソファーにおかけくださいませ。（取次
　　　ぎ…）受付ですが、ただいまこちらに東京物産の山下さんという方がお見えに
　　　なって、李さんに会いたいとおっしゃっていますが、いかがいたしましょうか。

李納：山下さんですか、さあ、心当たりがないけど。とにかく応接室に通してください。

秘書：応接室は今利用中ですが。

李納：それでは、第二会議室のほうへ案内してください。私は今そこから戻ったばかり
　　　ですから、空いているはずです。

秘書：はい、かしこまりました。

李納：あ、もしもし、今やりかけている仕事があるので、それを片付けてから、5分後に
　　　行くと、お客さんに伝えてください。

秘書：はい、そのようにお伝えいたします。

(2)（小林さんは約束どおりに10時にある会社を訪れました…）

受付：いらっしゃいませ。

小林：失礼いたします。私、若田ネットの小林と申します。営業1課の山崎課長に10
　　　時のお約束で参りました。

受付：課長の山崎でございますね。かしこまりました。恐れ入りますが、あちらで少々
　　　お待ちくださいませ。

（取次ぎ）

受付：失礼いたします。10時にお約束の若田ネットの小林様がお見えです。はい、第一応接室ですね。かしこまりました。

受付：小林様お待たせいたしました。第一応接室にご案内いたします。こちらへどうぞ。

（応接室で）

受付：山崎がただいま参りますので、少々お待ちくださいませ。

来客を迎えるポイント

1. 訪問の申し入れを受けた時は、訪問の日時・用件・人数、おおよその所要時間を確認。

2. 打ち合わせに必要な書類は事前に準備。応接室や会議室の予約も忘れずに。

3. 「いらっしゃいませ」と、来客には立ち上がって応対。自分への来客ではないからと見て見ぬふりをするのはマナー違反。

4. 自分への来客の場合は、たとえ上司との打ち合わせ中でも一言断ってからすばやく応対。会議中などでやむをえず来客を待たせる場合も、本人が顔を出してお詫びをするか、代理の人にその旨を伝えてもらうこと。

お辞儀のT. P. O.

●会釈：同僚や社内ですれ違った上司、来客に対してする軽いお辞儀。からだを傾けて目線は足もとに。首だけカクンとまげるのは失礼。

●普通礼：初対面の人や訪問先でするごく一般的なお辞儀。

●敬礼（最敬礼）：一番丁寧なお辞儀。とくに敬意を表する相手や慶弔の儀式の際に使う。

名刺を受け取る時のポイント

1. 名刺は来客の存在そのもの。扱いはくれぐれも慎重に。出された名刺は両手で受け取る。この時も文字に指をかけないように配慮をすること。

2. 名刺はしばらくテーブルの上におき、覚えてから名刺入れにしまう。相手が複数の場合は、並んでいる順にテーブルの上に名刺を並べておいてもよい。

取次ぎのポイント

1. 「失礼ですが、どちら様でしょうか」と丁寧に社名・名前・用件・約束の有無などをたずね、名指し人に伝える。名指し人が接客中や会議中の場合は、口頭で伝えずに、メモで知らせる。来客が複数の時は「○名様がおこしです」と伝えた方がさらに親切。

2. 取り次ぎで来客を待たせる時は、「ただいま○○を呼んでまいります。しばらくお待ちください」と言って手近な椅子をすすめる。立ったまま待たせるのはマナー違

反。案内する場所を名指し人本人に確認してから来客を誘導する。

お茶のおもてなしのマナー

● お茶を出す時は「失礼します」と来客に一礼してから。お盆はサイドテーブルにいったんおき、茶托を両手でもって来客の前に。

● お菓子を出す時は、お菓子を先に出してからお茶をすすめる。フォークや楊枝が来客の側にいくようにおくこと。お茶は来客から見て、お菓子の右側に出す。

来客案内、誘導マナー

1. 廊下

　来客の斜め少し前を歩いて誘導。来客に廊下の中央を歩いてもらう。歩く速度も来客に合わせる配慮を。

2. 階段

　上りは自分が来客の後ろにつき、下りは先に立って降りる。来客を見下ろす位置にならないよう心掛ける。

3. エレベーター

　「上位者先乗り、先降り」が原則。ただし「開」ボタンを押す必要がある場合は先導者が先に乗って来客を迎え、来客のあとから降りる。

4. 応接室

　案内する時は、押し開きのドアの場合は誘導者が先に入室。からだの向きを変えて「どうぞ」と中に招き入れる。手前開きの場合は、先に来客を通してから入る。

5. お茶の接待

　お盆は両手で胸の高さで持っていく。ドアはノックする。会釈する。いったんサイドテーブルに置き、一つずつ両手でお茶を出す。上座の顧客から出す。自社の人は最後に出す。テーブルが低い場合はやや膝をかがめる。配り終わったら、お盆を片手で脇に抱え、ドアを出る前にもう一度「失礼いたしました。」と挨拶して退出。

6. お見送り

　用件、相手の立場によって、送り出しの言葉は適切なものを選ぶ。「お忙しいところありがとうございました。」「どうぞ、お気をつけてお帰りくださいませ。」

ドリル　会社の接待係りを務めている李さんはその豊富な経験からいろいろな仕事のコツを知っています。豊かなスキルをもっている李さんといっしょに上手な接待をしてみませんか。さあ、始めましょう。

新出言葉

◎受付（うけつけ）　　　　　　　（名・他サ）　　　　　接待処,传达室
③◎差し出す（さしだす）　　　　（他五）　　　　　　　递交,提出

◎企画（きかく）　　　　　　　　（名・他サ）　　　　規划，计划
◎③取り次ぐ（とりつぐ）　　　　（他五）　　　　　　转达，传达
　お見えになる　　　　　　　　　　　　　　　　　　「来る」的尊他敬语
④心当たり（こころあたり）　　　（名）　　　　　　想像，线索
①通す（とおす）　　　　　　　　（他五）　　　　　让到里边
④使用中（しようちゅう）　　　　　　　　　　　　　正在使用
◎空く（あく）　　　　　　　　　（自五）　　　　　没人使用

第四課　打ち合わせ

😃😉会話

(1)(部長は朝早く社員を集めて打ち合わせを始めました…)

部長：みなさん、おはようございます。

全員：おはようございます。

部長：先月はみなさん、よくがんばってくれました。どうもご苦労様でした。さて、これからの仕事の進め方について打ち合わせをしましょう。では、まず、李さんから夏物の出荷情況について報告してください。

李　：はい、報告させていただきます。今年の夏物は所長が自ら工場に行って監督なさいましたし、工員たちも去年の経験があったので、品質のほうは問題ありません。

部長：それは李さんが一ヶ月以上も工場に泊まり込んで、辛抱強く技術指導をし、監督したからだと思います。

李　：恐れ入ります。しかし、納期にちょっと問題があります。

部長：えっ、それはどういうことですか。10日から一週間以内に全部船積みしなければならないのですよ。

李　：あの、今年からは全国的に週休二日制になったので、いまの進度では10日までにはあと5000枚ぐらい間に合わないと思います。

部長：それをなぜ早く言ってくれなかったのですか。困ったなあ。

李　：昨日中間チェックをして初めて分かり、すぐ夜行で帰って来て、今朝着いたばかりなのです。電話でご一報しておけばと反省しています。

部長：そうですか。それでは、どうすればいいですか。

張　：土、日も稼動すれば、10日までに4日間残業できるので、なんとか間に合うと思います。

李　：ただし、一人一日30元の残業手当が必要で、しかも現金でほしいと言われています。

部長：よし、信用第一ですから、利益は多少減ってもしようがないです。早速会計係の劉さんから24000元を受け取って、午後すぐ工場に行ってください。

李　：はい、分かりました。

部長：あ、柳さん、君も一緒に行ってくれませんか。現金を持って行くので、二人で行く

のがいいと思います。

柳　：しかし、わたしは午後藤さんと経済貿易委員会に行く約束をしていますが…

部長：それは藤さんが1人で行ってもかまいません。

柳　：はい、承知しました。

部長：では、ほかに案件がなければ、今日の打ち合わせはここまでにしましょう。

(2)（社内での電子メールの活用をすすめているシステム部長と部下が話をしています。）

部長：電子メールの活用の件は、どうなってる？

部下：はい、若い社員は大丈夫なんですけど、問題は40代以上の管理職です。

部長：まあ見当はつくけど、どうしたらいいんだろうね。

部下：マニュアルがわかりにくいという声もあるので、わかりやすいマニュアル作りをさせています。

部長：それは必要だね。

部下：それから、社長の真意がもっと伝わるように、「上意下達」を徹底する必要があると思います。

部長：わかった。社長に話してみよう。

部下：それと、メールを使わないことのデメリットについての資料を作りたいと思います。

部長：そうだな、それから、ほかの会社の取り組み状況も調べておいたほうがいいぞ。

部下：わかりました。

豆知識

上司から指示を受けるとき

1. 指示は最後までさえぎらずに聞き、質問はあとで。

2. 要点をメモする：指示を受ける時は必ずメモをとる。5W1H（WHATなにを、WHYなぜ、WHENいつ/いつまでに、WHEREどこで、WHOだれが、HOWどうやって）を確実に把握すること。

3. カラ返事はしない：できそうもない時は、状況を説明して優先順位など判断を仰ぐ。

4. 最後に復唱して確認：指示の要点はくりかえして確認を。とくに数字や固有名詞は正確に。

上司に報告するとき

1. タイミングよく報告：上司に「あれはどうなった？」と聞かれてからでは遅すぎる。指示事項が完了したらただちに報告を。ただし、いま話してよいかどうか、上司の都合を聞いてから話し出す。

2. 必要とあれば中間報告：仕事が長引く場合は中間報告が絶対必要。約束の期限まで

にできそうにない時も、即刻上司に報告をして、指示を受けること。

3. 報告は簡潔に：まず最初に結論を。次に原因、経過の順に述べる。事実をありのまま
伝える。言い訳をしない。相手に聞かれる前にするのがポイント。前もって報告事
項をまとめる習慣をつけよう。

悪いニュースほど早く伝える

　仕事でミスした時は素直に間違いを認め、早めに上司に報告をして指示をあおぐこ
と。仕事が遅れそうな時も同様。期限直前になって「できません」と報告するのでは、
相手は対処のしようがない。

報・連・相とは

　報・連・相は、ホウレンソウと呼びます。意味は「報告・連絡・相談」で、会社にし
ても世の中にしても、自分勝手な行動をとらないための大事な要素です。

● 報告は、状況に応じて口頭で報告するか、書面で報告するかを考えましょう。必要で
あれば、資料、図などを添えて、的確に分かりやすく報告するよう努めましょう。

● 連絡は、5W2Hを用いて的確にしたほうがいいでしょう。「いつ　when」、「どこで
where」、「だれが　who」、「何を　what」、「なぜ　why」、「どうやって　how」、「いくら
how much」

● 相談する際は、どんなことを相談するのか、解決策はあるのか、自分なりの答えを用
意して臨んだほうが良いでしょう。さらに、資料などを添えて相手に分かりやすい
ように努めることも大事です。

ドリル　朝早く矢口部長から打ち合わせの呼び出しがありました。みんな急いで部長
室に集まりました。今日の打ち合わせの内容は、新開発をしたデジカメの売り上げの
ことです。みなさんは自分の営業範囲内の話題について進んで話をしてみましょう。

新出言葉

⓪打ち合わせ（うちあわせ）	（名・他サ）	碰头，预先商洽
⓪夏物（なつもの）	（名）	夏季用品，夏季衣着
⓪出荷（しゅっか）	（名・自他サ）	上市，发货
⓪所長（しょちょう）	（名）	所长，处长，主任
⓪監督（かんとく）	（名・他サ）	监督，督促
⓪品質（ひんしつ）	（名）	品质
④泊まりこむ（とまりこむ）	（自五）	住进，在外过夜
⑥辛抱強い（しんぼうづよい）	（形）	能苦干的，有耐心的

①納期(のうき) （名） 交货期
④船積み(ふなづみ) （名・他サ） 装船
①進度(しんど) （名） 进度
⑤中間チェック(ちゅうかん) （名） 中途质检
⓪夜行（やこう） （名） 夜车
⓪一報(いっぽう) （名・他サ） 通知一下
⓪反省(はんせい) （名・他サ） 反省
⓪稼動(かどう) （名・自他サ） 劳动,机器的开动
③現金(げんきん) （名） 现金
①利益(りえき) （名） 利益
⓪多少(たしょう) （副） 多少,稍微
⑤会計係（かいけいがかり） （名） 会计员
⓪③受け取る(うけとる) （他五） 接收,领
⓪同伴(どうはん) （名） 同行,同去
⓪承知（しょうち） （名・他サ） 同意,知道,许可
③案件(あんけん) （名） 议案
①真意(しんい) （名） 真正的心意、真正的意思
③上意下達(じょういかたつ) （名） 上情下达
⓪徹底(てってい) （名・自サ） 彻底、透彻、贯彻到底
⓪取り組み(とりくみ) （名） 致力,全力以赴

第五課　アポイントを取る

😊😊会話

(1)（日本三丸商事の高田部長は急用のため海信電子公司の王部長に電話をしてアポイントを取りたいのですが…）

高田：もしもし。

受付：おはようございます。海信電子公司でございます。

高田：わたくし、日本三丸商事の高田というものですが、王課長はおいででしょうか。

受付：課長の王はただいま会議中ですが。

高田：急に連絡したいことがあるんですが、お呼びいただけませんか。

受付：承知しました。少々お待ちください。

王　：もしもし、お待たせしました。王です。

高田：三丸の高田です。

王　：高田課長ですね、どんなご用でしょうか。

高田：実は今の取引について、緊急に相談したいことがありまして、できれば、明日の午前にでもお会いしたいのですが。

王　：あいにく午前中は予定が詰まっております。午後ではだめですか。

高田：午後ではちょっと遅いと思いますが。

王　：それなら、今晩はいかがでしょうか。

高田：そうですね。今晩7時以後なら私のほうも空いていますが。

王　：じゃ、7時にしましょう。場所はどこがよろしいでしょうか。

高田：地下鉄の中央駅の「桜」という喫茶店はいかがですか。

王　：「桜」ですか。行ったことはありませんね。どの辺ですか。

高田：7番出口を出てすぐ右側です。

王　：分かりました。それでは、今晩7時に。

高田：では、また後で。

(2)（田中工事の小沢さんは自社商品の紹介のため、青山公司の部長に電話してアポイントを取りたいのですが…）

小沢：もしもし、青山公司さんですか。

部長:そうですが、お宅様は?

小沢:私は東京から参りました田中工事の小沢ですが。明日午後には帰国しなければ
　　　なりません。ご多忙と存じますが、お会いできませんでしょうか。

部長:何か御用ですか。

小沢:わが社の機械部品のご紹介をしたいのですが。

部長:どんな機械部品ですか。

小沢:まずリストをファクスします。ご覧いただけますか。

部長:わかりました。

小沢:ファクス番号を教えてください。

部長:010 – 889 – 1452です。

小沢:では、これからファクスを差し上げます。ところで、アポイントの件はいかがで
　　　しょうか。

部長:ごめんなさい。明日はすでに日程が詰まっていて、時間がありません。もしよろ
　　　しければ今夜いかがでしょう。

小沢:わかりました。では、お食事でもご一緒にいかがでしょうか。

部長:ありがとうございます。場所は決まっていますか。

小沢:まだです。どこかいい場所をご存知でしょうか。

部長:そうですね。それではうちの会社の近くの中国飯店で6時にいかがでしょうか。

小沢:それではそこでお会いしましょう。

豆知識

訪問予約のルール

1. アポイントを取る:電話または手紙で事前に訪問の了解をとる。いきなり訪問する
　　のは、相手にとって迷惑にもなりかねない。やむをえず突然訪問する時も、5分前で
　　もよいので1本電話を入れよう。

2. 訪問日時は相手に合わせる:「この日に伺います」とこちらの都合を押しつけるので
　　はなく、あくまで日時は先方の都合に合わせること。

3. 時間帯を考慮する:昼食時や深夜、早朝の訪問は非常識。用向きが勤務時間内に終る
　　ように、退社時刻直前も避けたい。

4. 時間厳守はマナー以前の問題。5分前必着が原則。はじめての場所に行く時はゆと
　　りをもって出発すること。

アポイントメント

● (アポイントメントとは、人と会う約束のこと)人に会う前には、電話などでアポイ
　　ントメントをとり、相手とこちらの都合を調整することが大切です。

● アポイントメントをとる前に、メモをつくろう。

● アポイントメントをとる前にメモを作ると、それをもとに電話ができるので、相手に自分の用件をわかりやすく伝えられます。

● アポイントメント用のメモ（電話）の例

①相手の名前　　（例）　山田　圭一さん

②あいさつ・自己紹介（例）　こんにちは。わたしは、○○会社の△△と申します。

③用事　当社の新商品の案内

④自分の会える日　　（例）　６月５日の午前　と　６月６日の午後

⑤会う日時　　　相手と相談して、都合のいい時間を書く。

⑥連絡先　　（例）　○○会社　　　電話番号・FAX番号

⑦お礼とあいさつ　　　（例）　お忙しい中ありがとうございました。今度おうかがいしますのでよろしくお願いします。

実際に電話でアポイントメントをとろう

（例）話す言葉　　注意すること

①「○○さんですか。」相手の名前を言って、たしかめる。もし、ちがう人だったら、「すみませんが、○○さんを電話口までお願いします。」と言ってだしてもらう。

②「こんにちは、わたしは、○○会社の○○といいます。」あいさつをして、自己紹介をする。

③「わたしは、今、新商品の開発を行っています。そこで、○○さんにお会いして、新商品のご案内をいたしたいと思って電話しました。おいそがしいとは思いますが、会ってお話ししていただけますでしょうか。」どんな商品を開発しているのか、会ってどんなことを話したいのかをはっきり話す。

【OKしてもらったら】

④「期日と時間ですが、いつ何時ごろがいいでしょうか。」あらかじめ自分の訪問できる時間をはっきりさせておく。会いたい時間を聞かれたらはっきりと答える。

【都合がつき、会えるようになった場合】

⑤「わかりました。それでは、○月○日○曜日の○時によろしくお願いします。」会う日時を決めて、必ずメモをとること！

【もし都合がつかない場合】

⑥「会社で話し合って、また電話させていただきます。FAXは、○○○−○○○。」

⑦「お忙しい中、ありがとうございました。今度おうかがいしますのでよろしくお願いします。」お礼とあいさつを忘れないようにする。

アポなし訪問4ヵ条

第1条　人に会うことを恐れない

第2条　無理に会おうとしない

第3条　断られても落胆しない

第4条　逃げ口上には乗せられない

ドリル　宮沢さんはある販売会社の新入社員で毎日販売に走り回っています。最近たびたび面会を断られたのでこの日、ついアポイントなしである会社に行きました。さて、今回宮沢さんはうまくできるのでしょうか。宮沢さんが販売する商品は洗剤です。

新出言葉

②アポイント(メント)	（名）	预约,约会
◎急に(きゅうに)	（副）	忽然,突然
◎連絡(れんらく)	（名・自他サ）	联络,联系
②取引(とりひき)	（名・自サ）	交易,贸易
◎緊急(きんきゅう)	（名・形動）	紧急,急迫
◎あいにく	（副）	不凑巧,对不起
②詰まる(つまる)	（自五）	堵塞,迫近,搁浅
①出口(でぐち)	（名）	出口
◎多忙(たぼう)	（名・形動）	十分繁忙,公务繁忙

第六課　出迎え

会話

(1)（中国の支社にいる山本さんと王さんは東京の本社から来た社長と秘書の来正さんを出迎えに空港へ行きました…）

山本：社長、道中お疲れ様でした。

王　：社長、ようこそいらっしゃいました。私は王と申します。

社長：あ、王さんですか、お名前はかねがね伺っています。

山本：社長、この王さんはなかなかのやり手で、なんでも手伝ってくれます。

王　：いいえ、恐れ入ります。

社長：これは秘書の来正です。

来正：来正です。初めましてどうぞよろしく。

山本、王：こちらこそよろしくお願いいたします。

来正：今日はわざわざお迎えいただきましてありがとうございます。

山本：では、社長はお疲れでしょうから、早速ホテルへ行って、すこし休んでいただきましょうか。お車の用意ができていますから、社長、どうぞこちらへ。

社長：ホテルまでどのぐらいかかりますか。

山本：今頃はそれほど込んでいませんから、約1時間ぐらいで行けると思いますが、ラッシュの時は2時間ぐらいかかることもあります。

王　：社長、ホテルに着きました。

山本：今日は早いですね。1時間足らずで着きました。

王　：来正さん、荷物はそのままここにおいてください。ホテルのボーイが部屋まで運んでくれますから。あの、今、社長と来正さんのパスポートを出していただけますでしょうか。

来正：はい、どうぞ。

王　：はい、手続きは終わりました。来正さん、これは部屋のキーです。それでは、お部屋までご案内いたします。エレベーターはこちらです。どうぞ。

来正：この部屋は広くて明るいですね。

山本：社長、これは日程表です。これでよろしいでしょうか。ご確認をお願いいたします。

社長：いいね。私の行きたいところは全部組み入れてある。

山本、王：それでは、社長、あと1時間ぐらいありますから、一休みしてください。1時間
　　　　後お迎えに参りますので、これで失礼いたします。

(2)（中国の旅行社のガイドは日本のツアーの出迎えに来ました。日本のツアーの添
　　乗員を務めているのは斉藤さんです。）

ガイド：「ジャパン・トラベル」の方でいらっしゃいますね。「新緑旅行社」の王です。
　　　　ようこそおいでくださいました。

斉　藤：「ジャパン・トラベル」の斉藤です。お世話になります。

ガイド：飛行機の旅はいかがでしたか。お疲れになりませんでしたか。

斉　藤：ええ、天気に恵まれてとても快適な旅でした。それに三時間ほどですし、あっ
　　　　という間に着きました。

ガイド：荷物もそろったようですし、それではバスに乗りましょう。

ガイド：皆さん、ようこそおいでくださいました。「新緑旅行社」の王です。これから
　　　　市内のホテルへ参ります。約30分です。ホテルについてから、一時間ほどお
　　　　くつろぎいただいてから、夕食にしたいと思います。それではホテルまで景色
　　　　でもお楽しみください。

斉　藤：あ、着いたようですね。高速道路ができてから本当に早くなりましたね。

ガイド：そうですね。それでは、皆さん、お疲れ様でした。ホテルに着きました。1時
　　　　間ほどお寛ぎください。その間に両替をなさるならホテルでできます。また
　　　　散歩にでもお出かけなら、必ずホテルのアドレスカードをフロントからもらっ
　　　　ていってください。

斉　藤：いろいろご配慮をいただきまして、どうもありがとうございました。

ガイド：どういたしまして。それでは、またあとで。

豆知識

呼称を使いわける

1. 自分の言い方：「わたくし」が基本。「あたし」「わたし」「ぼく」が通用するのは学生
　時代まで。自社の呼称も「うち」ではなく、「わたくしども」あるいは「当社」と言う
　ようにする。

2. 相手に対する言い方：「○○君」は同僚に対しても失礼。役職のない先輩や同僚に対
　しては「○○さん」、上司に対しては「○○部長」と役職名で呼ぶ。社外の人や目上の
　人に「あなた」はタブー。「○○様」と丁寧に。社外の人に対して社内の人の話をす
　る時は呼び捨てに。他社の社名には「○○様」と「様」をつけて丁寧に呼ぶ。

言葉遣いの基本

1. 依頼する時：「おそれいりますが」で始めて「～をお願いできますか」「～をしていた

だけませんか」。

2. 同意する時：「はい、かしこまりました」「承知いたしました」。

3. ことわる時：「いたしかねます」「わかりかねます」と婉曲に。「できません」「わかりません」ではあまりに不愛想になる。

4. 謝罪する時：「申しわけございません」が最適。「ごめんなさい」「すいません」は仕事上では不適当。

5. 礼を述べる時：「ありがとうございます」「おそれいります」。

次の表現を覚えよう。

1、皆さんのおいでをお待ちしております。

2、皆さん、遠路はるばる、ようこそいらっしゃいました。

3、皆様に熱烈な歓迎の意を表したいと存じます。

4、今日はこちらでお会いすることができて、まことにうれしく存じます。

5、皆様のご来訪が順調に行われ、円満に成功されますように。

6、お忙しいところわざわざお出迎えいただきまして、本当にありがとうございます。

7、わざわざお出迎えどうもすみませんでした。

8、お忙しいのに遠いところお出迎えいただきまして、どうもありがとうございます。

9、わざわざ大連からお出迎えいただきまして本当に恐れ入ります。

10、飛行機が遅れたため、長い間お待たせいたしまして本当にすみませんでした。

ドリル　鄭さんは課長の指示を受けて東京から来る下田さんを出迎えに空港へ行きました。予定の時間より30分遅れて下田さんはやっと出てきました。二人は簡単な挨拶を終えて、ホテルに向かいました。初めての出迎えですが、鄭さんは何事もなく対応できました。あなたは?

新出言葉

①道中（どうちゅう）	（名）	途中,旅途中
①ようこそ	（連語）	欢迎,热烈欢迎
③かねがね	（副）	很久以前,老早
⓪やり手	（名）	工作的人,能手,干将
②秘書（ひしょ）	（名）	秘书
⓪今頃（いまごろ）	（名・副）	现在,此时
①ラッシュ	（名）	拥挤
①ボーイ	（名）	男服务员
⓪日程表（にっていひょう）	（名）	日程表
⓪確認（かくにん）	（名・自サ）	确认

④組み入れる（くみいれる）　　　　　（他下一）　　　　　编入，纳入

②トラベル　　　　　　　　　　　　（名）　　　　　　　旅行

⓪快適（かいてき）　　　　　　　　（形動）　　　　　　舒适，舒服

③寛ぐ（くつろぐ）　　　　　　　　（自五）　　　　　　休息，不拘礼节

⑤アドレスカード　　　　　　　　　（名）　　　　　　　写着地址的卡片

③-③　至れり尽せり（いたれりつくせり）

　　　　　　　　　　　　　　　　　（成語）　　　　　　无微不至，万分周到

①配慮（はいりょ）　　　　　　　　（名・自他サ）　　　关怀，照顾，照料

第七課　注文

😊😊会話

（1）（田中さんはあるぬいぐるみを扱う会社に来て商談をしています…）

山下：そちらの必要なおもちゃを当方で提供できます。

田中：ぬいぐるみの種類はどれぐらいありますか。

山下：5、60種類があります。そして、大きいのも小さいのもあります。

田中：価格はこの前の引き合いより少し下げていただけたでしょうか。

山下：はい。ご希望通りにしました。

田中：注文可能な最低数量はいくらですか。

山下：注文可能な最低数量にはそんなに厳しい規定はありません。ただし、一般的には
　　　15,000個以上なら注文を引き受けます。

田中：この人形のぬいぐるみとその動物のぬいぐるみの原料は木綿ですか。

山下：いいえ、木綿は30パーセントです。汚れたら洗っても大丈夫です。

田中：全部木綿のはありませんか。

山下：あります。ただほとんど小さいほうですよ。

田中：種類も多くありますか。

山下：ええ、多いです。でも、木綿の商品ですから、少し高いのですが、どのぐらいの注
　　　文をお考えでしょうか。

田中：そうですね。

山下：この種のものは最近評判がよくて、特にここ数ヶ月，ヨーロッパからの注文が絶
　　　えず、すでに供給不足の状態です。

田中：そうですか。それでは、5000個、試しに売ってみましょう。よろしいですか。

山下：結構です。

田中：品質も大丈夫ですね。

山下：絶対問題ありません。必ず満足されることを請合います。

田中：では、大きいのは15,000個にします。

山下：全部で20,000個ですね。ありがとうございました。

(2)（日本のある会社が中国のお茶の販売をしている会社に注文しています…）

日　:貴社の注文可能な最低数量はいくらですか。

中　:注文可能な最低数量にはそんなに厳しい規定はありません。ただ通常は少なく
　　とも500箱以上であれば注文を引き受けます。

日　:一箱はどのくらいの重量ですか。

中　:一箱50ケース入りで、ケースあたり、ネットウェイトは125グラムです。

日　:それでは500箱注文しましょう。

中　:私どもが取り扱っているウーロン茶にはいくつかの種類があります、どの種類の
　　ものをご希望ですか。

日　:No.301をください。

中　:あっ、No.301は少し難しい面があります。

日　:供給できないのですか。

中　:できることはできるのですが、恐らくそんなに多くはありません。No.301ウー
　　ロン茶は高級茶で、健康によく、最近評判がよくなっており、特にここ数ヶ月、日
　　本からの注文がたえず、すでに供給不足の状態です。

日　:どのくらい供給できますか。

中　:今回は300箱しか供給できません。もしNo.305であれば、ご要望通り供給でき
　　ます。

日　:この二種類の違いは?

中　:大体同じですが、ただ産地が異なるので、No.305の香りが若干落ちます。値段も
　　当然安くなります。

日　:それではNo.305を200箱、試売してみましょう。よろしいですか。

中　:結構です。

豆知識

国際電話のかけ方

1. 相手が出たら

Hello, this is○○（自分の名前）calling from□□（自分のいる場所）. （私は□□からお
電話している○○です）

2. May I speak to Mr. ○○（相手の名前）, please. （○○様をお願いします）

3. 相手がいない時は

I'll call again later. （また後から電話します）Please tell him to call me back. （折り返し
電話ください）Would you tell me what time he'll be back? （いつ戻られますか）

国際電話の受け方

突然、外国語が聞こえてきてもあわてずに。以下の手順で応対しよう。

1. 自分宛の電話に出た時は

Hello, Mr. ○○ (相手の名前). This is △△ (自分の名前) speaking. (○○さんですね。こちらは△△です)

2. よく聞き取れなかったら

I'm sorry, could you speak more slowly, please? (ゆっくり話していただけますか)

3. 相手の名前、会社名を確かめる時

May I have your name, please? (お名前をうかがってよろしいですか) Could you tell me your company's name, please? (会社のお名前は)

4. 取り次ぐ時は

Just a moment, please. (少々お待ちください) I'll connect you with Ms. ○○ (名指し人の名前). (○○さんにおつなぎします)

5. 名指し人が不在の時は

I'm sorry, she's not in at the moment. (申しわけありませんが、ただいま席をはずしております) I'm sorry, but she's out at the moment. (申しわけありませんが、外出しております)

6. 帰社時間を伝える

Mr. ○○ (名指し人) will be back around two o'clock. (○○は2時頃戻ってきます) I expect her back any moment. (すぐに戻ります)

7. 英語に自信がない時は

"Just a moment, please." と、英語に自信のある同僚にかわる。オペレーターからの通話なら "Japanese operator, please." と言って代わってもらう。日本のオペレーターが取り次いでくれる。

次の表現を覚えよう。

1、申し訳ありませんが、この種類の貨物の発注をキャンセルします。

2、このような商品は今回は多めに注文することはできません。

3、注文書の数量を訂正したいと思います。

4、今回はこの種類のものに注文を変更するよう提案します。

5、次回は必ずご希望に添えると思います。

6、いつごろ現物ができますか。

7、このタイプのものは近いうちに供給できます。

8、今回は多めに注文することを提案します。

9、成約額は変わっていません。

10、当方は取り決めた数量通り供給できます。

ドリル　清水さんは中国のある木材工場に電話で注文を出しました。最初に電話に出た方は日本語は分かりませんが英語が話せました。英語には自信がない清水さんですが何とか話しができました。その後、会社の事情でその注文をキャンセルすることになりました。清水さんはどうやって電話するか、清水さんになって電話をかけてみませんか。

新出言葉

②玩具(おもちゃ)	(名)	玩具,玩偶
①当方(とうほう)	(名)	我们,我方
⓪提供(ていきょう)	(名・他サ)	提供
⓪ぬいぐるみ	(名)	布制(动物)玩偶
⓪引き合い(ひきあい)	(名)	买卖,交易
⑤最低数量(さいていすうりょう)	(名)	最小订量
⓪規定(きてい)	(名・他サ)	规定
⓪一般的(いっぱんてき)	(形動)	一般的,普遍的
④引き受ける(ひきうける)	(他下一)	承包,接受,答应
⓪人形(にんぎょう)	(名)	娃娃,偶人
③原料(げんりょう)	(名)	原材料
⓪木綿(もめん)	(名)	木棉,棉花
⓪③日増し(ひまし)	(名)	日益
④絶え間ない(たえまない)	(形)	不断的,不停的
⑤供給不足(きょうきゅうぶそく)	(名)	供不应求
③試しに(ためしに)	(副)	尝试
⓪品質(ひんしつ)	(名)	品质
③請合う(うけあう)	(他五)	承包,担保
～当たり(あたり)	(接尾)	每、平均
④ネットウェイト	(名)	净重
⑤取り扱う(とりあつかう)	(他五)	办理,经营
⓪若干(じゃっかん)	(名・副)	若干,某些,少许
③安目(やすめ)	(名・形動)	价钱较便宜
⓪試売(しばい)	(名・他サ)	试售,试卖

第八課　価格交渉

😊😊会話

(1)（中日の両社は商品の価格をめぐって交渉を始めました…）

日　：1ケース2万3千日本円は高すぎます。

中　：いくらがよいとお考えですか。

日　：1万5千日本円が合理的であると思います。

中　：どうして差がそんなに大きいのですか。

日　：日本のマーケットの相場については、ご承知のとおりです。さらに現在他国から輸入している同種の商品が大変多く、競争も非常に激しくなっています。

中　：当方の商品は品質もよく、競争力もあり、販路には決して問題はないはずです。

日　：正直なところ、1ケース2万3千円で購入すれば、まったく売れないでしょう。

中　：いずれにしても、1万5千円では安すぎますよ。あと少し値上げしてください、よければすぐ受けます。

日　：それでは1ケースあたり3千円値上げして、1ケース1万8千円としましょう、これ以上値上げはできません。

中　：1ケース1万8千円のカウンタービッドで受けるよう考えますが、注文量を増やしていただきたいと思います。

日　：どのくらい増やしますか。

中　：500ケース増では。

日　：いいでしょう！1ケース1万8千円の値段で、当方は500ケース注文量を増やしましょう。本当に商売がお上手ですね。

中　：どういたしまして、恐れ入ります。

(2)（中日双方はオーダーの数量と価格についていろいろと話し合いましたが…）

中　：これはわが社の製品リスト、これが会社紹介のカタログです。

日　：当社はアイテムナンバー153、182について詳しく知りたいのですが。

中　：153番は日本にエージェントがあり貴社には供給できません。

日　：182だけトライアルオーダーしたいのですが。

中　：ミニマムオーダーはどのくらいでしょうか。

日　：ミニマムは20ユニットです。

中　：毎ユニット、FOB2980ドルでいかがでしょう。

日　：小ロットですからCIFでオファーしてくれますか。

中　：CIFなら3200ドルになります。

日　：OK、トライアルの結果がよければ今後コンスタントに契約します。積期は問題ないのですか。

中　：すぐ注文書を入れてくだされば大丈夫です。積みは分割でいかがでしょう。

日　：やはり一括積みにしてほしいですね。支払い条件は、L/CでもT/T送金でもよろしいですか。

中　：決済金額が大きい場合は、L/Cにしてほしいですが、小ロットの場合はT/T送金かD/P一覧後払いにしましょうか。

日　：それなら契約書にその条件を入れましょう。

次の言葉を覚えましょう。

①トライアルオーダー(trial order)

　試し注文。品質、日本向きかどうか、梱包状態、輸送時間などをチェック。

②ミニマムオーダー(minimum order)

　最低注文量。数量があまりに少ないと生産上単位当たりのコストがかかりすぎたり、単位あたりの輸送運賃が極端に高くなったりするので買主、買主双方で話し合って数量的最低線を決めるのである。

③ユニット(unit)

　設備などの場合、機械をいくつか組み合わせて完成となるが、それら全部をまとめてユニットと表現する。類語にセット(set)があるが、部品を集めて機械を作る場合には、その部品すべてを一単位としてセットという。

④FOB(free on board)

　売り主が運賃を負担しない契約値段。この場合、買主が積み出しする先方の港に配船する。大量の貨物を運ぶ場合などはFOB契約が一般。

⑤ロット(lot)

　契約荷物の1単位。一つの契約を二つに分ければ2ロット。3つに分ければ3ロット。大きい契約貨物を大ロット、小さい契約貨物を小ロットという。

⑥CIF(cost insurance and freight)

　コスト、海上保険、運賃込みの値段。

⑦コンスタント(constant)

　恒常的に。最初の契約がうまくいけば当然のことながらその後、定期的にかつ長期間の買い付けになるが、それをコンスタントに買い付けると表現する。

⑧L/C (Letter of Credit)

　信用状。輸入者 (買主) の依頼によって、輸出者 (売主) に当てて発行する支払い保証証書のこと。輸入者が地元の銀行経由で振り出した信用状に記載した条件 (商品名、規格、納期、商品代金など) どおりに輸出者が貨物を出荷することを条件に、明記された書類 (ドキュメント) と引き換えに、輸出者サイド銀行が商品代金を含む関連費用の支払いに応じることを保証するもの。

⑨T/T (legram Transfer) (電汇)

　電信送金。電信による入金指図をする送金のこと。売主、買主双方に信頼関係があり、金額的にも大きくない取引に多く使われる。

⑩D/P (Documents against < for > Payment) (D/P 一覧後払い──即期付款交单方式)

　輸入者が代金を支払うのと同時に、輸入国の代金取り立て銀行が船積書類を輸入者に渡す条件のこと。一覧後 (アットサイト) のほかに60日後、90日後などのユーザンス付もある。

次の表現を覚えよう。

1、古くからの得意先ですから、優先的にご配慮ください。

2、これはファームオファーとして出しましたので、値引きできません。

3、明日までオッファーを出してくださるようにお願いします。

4、需要者と打ち合わせましたところ、すこし高いと言いました。

5、もし安い価格を教えていただけたら、成約できると信じます。

6、原料の値上がりにより、当方は価格を調整せざるを得ません。

7、両方で譲り合えば，合意することができるでしょう。

8、もし大量注文すれば、値引きを検討します。

9、申し訳ありませんが、当方は本当に受けるわけにはいきません。

10、この値段はもうかなり低くなっています。

ドリル　金さんが勤めている会社は服装加工をする会社です。この日、加工料金の交渉のために、日本からお客さんが来ました。社長の指示で金さんは会社の代表となって交渉に当たることになりました。料金を高くするという旨で価格交渉を行った金さんは果たして商談をこなすことができるでしょうか。金さんと一緒にやってみましょう。

新出言葉

⓪相場 (そうば)	(名)	行情,市价,时价
①販路 (はんろ)	(名)	销路
⓪購入 (こうにゅう)	(名・他サ)	购人,买进

①カウンター・ビッド	（名）	还价
①-①アイテム・ナンバー	（名）	货号
①エージェント	（名）	代理店，代理商
②-①トライアル・オーダー	（名）	试订
①ミニマム	（名）	最小，最低限度
①ユニット	（名）	单位，单元，套
①ロット	（名）	批，批量
①オファー	（名・自サ）	（商）报价，发盘，开价
①コンスタント	（名・形動）	经常，定期地
⓪積期（つみき）	（名）	发货期
⓪分割（ぶんかつ）	（名・他サ）	分期付款，分期发货
⓪一括（いっかつ）	（名・他サ）	一次性发货
⓪送金（そうきん）	（名・自サ）	汇款，支付
⑤決済金額（けっさいきんがく）	（名）	结算金额

第九課　契約

会話

(1)（商談を終えてやっと契約段階に辿り着いたところですが…）

佐藤：商談すべき問題はすでに双方で了解しました。今日は一緒に確認すれば、契約書を作成できますね。

松下：その通りです。契約書は日本文のものはありますか。

佐藤：あります。これがブランクの契約書二部です。中国文、日本文各一部あります。御覧ください。

松下：ありがとう。これならば結構です。では、一緒に商談の内容を確認しましょう。

佐藤：まず、商品名、規格、単位、単価と総額、間違いはありませんね。

松下：はい、ありません。船積み期日は絶対遅れないように。

佐藤：ええ、必ず契約通りにします。また、ほかのところはいかがですか。

松下：他も了解しました。

佐藤：契約書が出来上がりました。サインする前にもう一度確かめてください。

松下：はい。

佐藤：大変結構です。

松下：それではサインしましょう。お先にどうぞ。

佐藤：ここにですね。

松下：はい、そうです。できました。この分は貴方で、この分は当方で保管します。

佐藤：ありがとう。

松下：どういたしまして。これで今回の取引は正式に成約したことになりました。

佐藤：今回は順調に成約できて嬉しく存じます。そして、私共の契約書履行も順調に行われることを望んでおります。

松下：こちらもそういうつもりです。

佐藤：今後とも宜しく。

(2)（会社の応接室で、中国側は出来上がった契約書を貿易相手先の日本側に見せて意見を求めました…）

中　：契約書が出来上がりました、サインする前に不適当な箇所があるか見てください。

日 :はい。

中 :いかがですか。

日 :大変結構です。書くべきことはみな入っています。

中 :それではサインしましょう、お先にどうぞ。

日 :ここにですね。

中 :そうです…。

　　できました、契約書の正本の中、日文各二部、みなサインしました。この分はあなた方で保管ください、この分は当方で保管します。

日 :ありがとう。

中 :どういたしまして、これで今回の取引は正式に成約したことになります。

日 :今回は順調に成約できてうれしく存じます。今後の協力に好ましい基盤を確立するために、私どもの契約履行も順調に行われることを望んでおります。

中 :その通りです。私たち双方が確実に契約条項を守るなら、取引は必ず進展すると思います。

日 :今後ともよろしく。

中 :こちらこそ、お茶をどうぞ。

豆知識

営業マンの5つの武器

　話術・人脈・容姿・声の大きさ等とされてきた営業マンの資質論的考え方に変わり、今後、営業マンにとって最大の武器と成り得るものを次に挙げる。

●情報収集能力とそれらを分析する能力
●物事を観察する能力と、問題を探索する能力
●企画立案する能力
●自社の商品とサービス内容の効用についての知識
●顧客に対する説得的提案ができる演出力と説得力

多面的な情報収集

　さらに情報収集能力に関しては、多方面にわたる次のような情報収集が求められるのだ。

●顧客企業の経営方針に関する情報
●顧客企業の各種計画に関する情報
●顧客企業の購買傾向に関する情報
●自社商品の使用状況や、売れ行き等に関する情報
●顧客企業の行事や慶弔、人事異動に関する情報
●競合他社に関する情報

●顧客企業の信用情報、販売市場動向、業界動向等の情報

　取引先との良好な人間関係は、ビジネスの上でも重要なポイントだ。ここでは、外見におけるチェック・ポイントと対話におけるポイントを押さえるのだ。人間関係の構築段階において「自分を知り、相手を知る」ことがいかに大切であるかは言うまでもない。しかし、物質的に豊かになった今日においては、持ち物やちょっとした外見だけで人を判断することは難しくなっている。つまり、現在のビジネスマンには「人の内面を見抜き、理解する」といった、真の「人を見る目」が求められている。

クレーム処理の基本
●クレーム処理9ヵ条
　1. 誠意を持ち、最後まで聞く
　2. 事実を確かめ、相手の真意をつかむ
　3. 相手が間違っていても、メンツはつぶさない
　4. 権限の範囲内で処理する
　5. 必要以上にこびたり、作り笑いはしない
　6. 先入観は捨てる
　7. 場合により、人・所・時を変えてみる
　8. 感情的にならない
　9. 常に会社の代表であることを忘れない
●クレームの対応のケース・スタディ
クレームの電話への対応
　一番気を付けたいことが、電話相手を「たらい回し」にすること。電話に出た人がある程度対応し、上司や担当者に変わるとしても、電話対応は2人までが限度と考える。
激怒した相手、文句ばっかり並べる相手
　あいづちを打ちながら、最後まで付合うことが大切である。話を聞いてもらううちに、相手の気持ちが晴れることもある。また、表情は常に笑顔を心掛ける。
「社長を出せ」の一点張りの相手
　原則として、社長は出さない。ただし、取り次ぎがないことをそのまま相手に伝えてはいけない。あくまでも「あいにく不在です」で押し通すことが必要である。
担当者が不在で、内容が分かる人が誰もいない
　丁重に担当者の不在を告げ、代わりに事情を聞く。その際、事情が分からないという立場で、最初から説明を聞き、社内の人間である立場と、担当外の客観的立場で対応する。
対応でさらに怒りをあらわにする相手
　相手が1人の時は、2人以上という具合に、常に相手より多い人数で対応する。危険から身を守る観点と、相手の集中力を分散させる観点があります。
電話で「謝りに来い」と言う
　相手にすぐ謝罪に行くことが原則であるが、日を置くことにより鎮痛効果が上がる

場合もある。社内で対策を練るために、「上司の予定を確認しまして、お電話差し上げます」と一旦切ることが肝心である。

何か勘違いをして怒っている相手

相手の勘違いを、頭ごなしに否定することは厳禁である。まずは、当方の非として詫びておくこと。その上で、相手の気持ちが納まったのを確認してから、少しずつこちらの言い分を告げる。主張ではなく、説明を心掛ける。「損害賠償だ、裁判だ」とまくしたてる相手に丁重な対応をしつつも、頭の隅に裁判沙汰になったときの対応も考えておく。非を認めるばかりでは、相手の思う壺になる。このような相手とは、密室ではない開放された場所で、複数の担当者と毅然とした態度で行う。

クレーム内容が会う度に変わる相手

こちらの顔色を見ながら、要求の量も質も変化させてくる相手とのやりとりは、記録に残る方法でのやりとりが必要である。面談録をとり、相手にもコピーを渡す。さらに、できるだけ役職者が対応にあたり、担当者の変更をせず、じっくりと話をすることが必要である。

ドリル いろいろと話し合って、やっと契約を結ぶことができました。初めての商談に成功した王さんは大変喜んでいます。しかし契約通りに納品した後、お客様からクレームの電話が入りました。どうやら商品の品質と重量に何か問題があったようです。

さて、王さんはそのクレームをどう対処するのでしょうか。一緒に考えてみましょう。

新出言葉

⓪契約（けいやく）	（名・他サ）	契约,合同
⓪商談（しょうだん）	（名・自サ）	谈交易,讲买卖,洽谈贸易
⓪妥結（だけつ）	（名・自サ）	妥协,谈妥
⓪作成（さくせい）	（名・自サ）	写成,做成（计划、合同、文件等）
②ブランク	（名・形動）	空白
⓪規格（きかく）	（名）	规格,标准
①単位（たんい）	（名）	单位
①単価（たんか）	（名）	单价
⓪総額（そうがく）	（名）	总额,总数
④船積み（ふなづみ）	（名・他サ）	装货,装船
①期日（きじつ）	（名）	规定的日期,期限
⓪絶対（ぜったい）	（副）	绝对,一定

①当方(とうほう)　　　　　（名）　　　　　我方,我们,这边
⓪保管(ほかん)　　　　　（名・他サ）　　保管
⓪貴方(きほう)　　　　　　（代・名）　　　（敬）您,贵方
①②取引(とりひき)　　　　（名・自サ）　　交易,生意
⓪正式(せいしき)　　　　　（名・形動）　　正式,正规
⓪成約(せいやく)　　　　　（名・自サ）　　成立契约,订立合同
⓪順調(じゅんちょう)　　　（名・形動）　　顺利
⓪履行(りこう)　　　　　　（名・他サ）　　履行,实行
⓪望む(のぞむ)　　　　　　（他五）　　　　希望,景仰,遥望
①⓪今後(こんご)　　　　　（名）　　　　　今后,以后
①箇所(かしょ)　　　　　　（名）　　　　　处,处所
⓪正本(せいほん)　　　　　（名）　　　　　正文,正本
④好ましい(このましい)　　（形）　　　　　可喜的,理想的,令人满意的
⓪基盤(きばん)　　　　　　（名）　　　　　基础
①双方(そうほう)　　　　　（名）　　　　　双方
⓪確実(かくじつ)　　　　　（名・形動）　　确实,可靠的
③条項(じょうこう)　　　　（名）　　　　　条款,项目
⓪進展(しんてん)　　　　　（名・自サ）　　进展,发展

第十課　コミッション

会話

(1)（商品について価格の交渉をすると同時に佐藤さんは今回の取引の口銭について
　　も相手と話し合いました…）

佐藤:今回はどのぐらいの値引きをしていただけますか。

松下:もう最低の限度まで下げましたのですが。

佐藤:それでは、口銭はどう考えたのですか。

松下:口銭は成約額により算出し、今回は1.5％を差し上げます。

佐藤:たった1.5％ですか。当方はこんなに多くの品物を発注しましたのに。

松下:正直に申して、このような商品は普通口銭は支払わないものです。今回こちらか
　　ら自発的に1.5％の口銭を差し上げるのはご注文が多かったからです。

佐藤:でも、ほかの国はこのように多くの商品を注文した場合、最低2％以上の口銭を
　　支払ってくれます。

松下:それなら値上げすることになります。実は結果は同じでしょう。争う必要がな
　　いでしょう。

佐藤:これは争う問題ではありません。1.5％の口銭だけでは宣伝費にもなりません。

松下:ずいぶん話し上手ですね。

佐藤:いいえ、本当のことですよ。

松下:まあ、いいでしょう。1％増やしましょう。特別の配慮ですよ。

佐藤:1％しか増やせませんか。商売はきついですね。

松下:そうおっしゃらないでください。私どももやむをえないことでしょう。どうか
　　当方の立場をご理解願います。

佐藤:それでは、そうしましょう。

松下:どうもありがとうございます。次回は大量注文されるなら、必ず口銭を上げるよ
　　うにします。またよろしくお願いします。

佐藤:では、今日はいろいろとありがとうございました。

松下:こちらこそありがとうございました。

（2）（李さんは取引先と商品の値段やコミッションのことについてさらに交渉を始めました…）

李　　：値段が決まったので、次は割引の件につき話し合いましょう。今回はどのくらいの割引をしていただけますか。

取引先：今しがた決まった値段は、もう最低の限度まで下げましたので、これ以上割引はできません。

李　　：どう考えても全然割引がないというわけではないでしょう。当方が他国からこの種の商品を輸入する場合、少なくとも3％の割引をしていただいています。

取引先：当方の値段は割引も同時に考えたものです。さらに今回のご注文の数量も決して多くはないので、これが正直なところです。どうか当方の立場をご理解願います。

李　　：それでは口銭はどうお考えですか。

取引先：口銭は成約額により算出し、今回は2％を差し上げます。

李　　：たった2％ですか。

取引先：あれが一般の相場です。他社も同様です。従って次回は大量注文に努力してください。必ず口銭率を上げるようにします。

李　　：あなた方の商売はきついですね。

取引先：そうおっしゃらないでください。私共もやむをえないことなのです。

次の表現を覚えよう。

1、コミッションについてどのような取り決めがあるのですか。

2、コミッションにつきまず知りたいのですか。

3、売れ行きのよい商品については、普通口銭は支払わないことになっています。

4、当方に口銭を多く支払うべきであると思います。

5、口銭が少ないので、再度考慮してください。

6、目下、この商品は4％の口銭をいただいても、多いとは思いません。

7、6万個以上の注文であれば、2％の口銭を差し上げます。

8、私共が差し上げているコミッションはすくなくないはずです。

9、どうか私共に代わってよく考えてください。

10、もしうまく成約できれば、口銭を多く支払いたいと思います。

Eメールの基本マナー

●宛先（Address）

　アドレスのドット（．）ひとつでも間違うと、相手に届かないばかりか、誤送先のサーバにも迷惑となる。相手のアドレスは一字一句正確に。

●件名（Subject）

　メールには本文内容が分かるように適切な件名（サブジェクト）をつける。これは受信者が多くのメールから検索したり、忙しい時に後で読むべきか、今すぐ読むか区別したりするため。

●本文

①まず名乗ろう。差出人のメールアドレスだけでは誰だかわからない可能性もある。

②手軽に書いて出せるといっても挨拶をおろそかにするべからず。ただし、一般の手紙のような、時候の挨拶などの形式や言いまわしは必要ない。「いつもお世話になっております」などの簡単な挨拶を入れよう。

③文は必要事項を簡潔に書き、相手が読みやすい文章を心がける。1行の文字数は、最大35文字程度になるように適宜改行を入れる。行数が長くなる場合は、段落ごとに空行を入れるようにする。

④連絡文と資料などの文書は分け、後者は添付ファイルにして送るとよい。

返事は速やかに

　通常、差出人は相手がメールを読んだかどうかを確認できない。質問や依頼といった内容のメールを受け取った際には、できるだけすみやかに返事を出すようにする。

ドリル　李さんは、商談がうまくまとまった後、コミッションの件について取引先にメールで確認を取りました。最初に話し合った内容に変わりはないかと、すこし心配になったからです。

　では、その文書はどのように書けばよいでしょうか。

新出言葉

②コミッション	（名）	（商）手续费,佣金
⓪値引き（ねびき）	（名）	减价,折扣
①限度（げんど）	（名）	限度
②下げる（さげる）	（他下一）	降低,降下
①口銭（こうせん）	（名）	手续费,佣金,回扣
⓪算出（さんしゅつ）	（名・他サ）	计算出
⓪発注（はっちゅう）	（名・他サ）	订货,订购,发订单
④③正直（しょうじき）	（名・形動）	正直,坦率,诚实
③支払う（しはらう）	（他五）	支付,付款
⓪自発的（じはつてき）	（形動）	主动的,自动的
⓪①注文（ちゅうもん）	（名・他サ）	预订,订做,订货,订购
⓪場合（ばあい）	（名）	情况,情形

⓪値上げ(ねあげ)	(名・他サ)	提高价格,加价
③争う(あらそう)	(他五)	斗争,竞争,争论
⓪宣伝(せんでん)	(名・他サ)	宣传,吹嘘
②増やす(ふやす)	(他五)	增加,增长,提高
①配慮(はいりょ)	(名・他サ)	关怀,顾虑
⓪きつい	(形)	吃力,费力
①商売(しょうばい)	(名・他サ)	买卖,生意
止むを得ない(やむをえない)	(連語)	不得已
③立場(たちば)	(名)	处境,立场
①次回(じかい)	(名)	下次,下回
③大量(たいりょう)	(名)	大量,大批
③今しがた(いましがた)	(副)	方才,刚才
①限度(げんど)	(名)	限度

第十一課　船積み

会話

(1)（メーカーの要望を配慮した上で、佐藤さんと松下さんは船積みの期限や具体的な積み方について話し合いました…）

佐藤：今日は貨物引き渡しの件ですが、メーカーとして分割積みを承諾してほしいといっています。

松下：何ロットに分けるんですか。

佐藤：2ロットに分けてもらいたいのですが、よろしいでしょうか。

松下：いいですよ。船積み期限は。

佐藤：船積み期限は来年2月から3月までとし、20日置きに1ロット引き渡します。

松下：そうですか。数量についてはどのように手配されますか。

佐藤：最初のロットは40トンとして、つぎは30トン引き渡しとしてもよろしいですか。

松下：結構です。

佐藤：仕向港は。

松下：それはですね。最初のロットはチンタオ、次は大連です。

佐藤：一つでは駄目ですか。

松下：そうですね。二つの港が当方のユーザーにとって便利なのです。

佐藤：では、その通りにしましょう。

松下：それから、品物が最低限度破損しないように、コンテナーで運ぶことができるでしょうか。

佐藤：はい、できます。ところで、信用状は必ずロットごとの積み出し月の30日前までに当方宛に開設してください。

松下：分かりました。必ず規定通りに開設します。

佐藤：ご協力ありがとうございます。

(2)（最初に予定した船での引き渡しは日本側の事情が変わったため航空便にしました…）

中　：乙仲さんにはドキュメントを渡しました。

日　：コンテナー積みですか、バラ積みですか。

中　：コンテナー船をブックしました。

日　：船名は何ですか。

中　：ヒーローです。

日　：大連からの出帆日、上海への入港日を教えてください。

中　：大連出航は6月25日、上海到着は28日の予定です。

日　：すべてファクスで確認しておいてください。

　　（部品の納期遅れについての打ち合わせ）

日　：部品納入が遅れており、生産に影響が出ています。

中　：それではエアーでお送りしましょう。明日のJAL（日本航空）便に乗せます。エ
　　アーウェイビルは、コピーをファックスしますので。

日　：ついでにインボイスも一緒に流してください。送金の準備をしますから。スペ
　　ースブッキングは大丈夫ですか。

中　：たぶん問題ないでしょう。

豆知識

次の表現を覚えよう。

1、5月末までには貨物を船積みしてください。

2、私共が傭船すると便利です。

3、仕向港を大連港に変更する予定です。

4、天津からの積み出しにしてください。

5、申し訳ありません、積み替えの案については受けられません。

6、契約書〇〇号の貨物はすでに船積み港に輸送済みで、配船を待つばかりです。

7、認可はまだ受け取っていませんので、船積みできません。

8、船繰りの都合で、船積み港への入港は3～4日延着の見込みです。

9、船積み率は晴天1日〇〇トンになっています。

10、船舶が停泊順を待つ間積み込み期間に算入しません。

次の言葉を覚えよう。

①エアーウェイビル（air way bill）

　航空積荷受取証。積荷を受け取るときに必要である。

②インボイス（invoice）

　送り状。

③スペースブッキング（space booking）

　荷を保管するスペースを予約すること。

④乙仲（おつなか）

　通関業者。

⑤ブック（book）

　予約。

⑥商業用語で、出航予定日はETD（Estimated Time of Departure）、到着予定日はETA（Estimated Time of Arrival）と略して言うことも多い。

基本社外文書のフォーム

1. 日付と文書番号：作成ではなく「発信」の年月日を明記。内容や種類など、必要に応じて文書を分類し記号をつけておけば、整理、保存も容易になる。

```
                          No.○○○－○○
                          平成○年○月○日
    ○○○株式会社
    ○○部長○○○○様

                            ○○○株式会社
                             ○○部○○○○J
    ○○○についてのお願い
    拝啓━━━━━━━━━━━━━━━━━━━━━━━━━━━━━━━━━。
      さて、━━━━━━━━━━━━━━━━━━━━━━━━━━━━━━━━
    ━━━━━━━━━━━━━━━━━━━。
      つきましては━━━━━━━━━━━━━━━━━━━━━━━━━━━━
    ━━━━━━━━━━━━━━━━━━。
      まずは、━━━━━━━━━━━━━━━━━━━━━━━━━━━━━━━。
                                            敬具
                        記
       1、━━━━━━━━━━━━━━━━━━━━
       2、━━━━━━━━━━━━━━━━
       3、━━━━━━━━━━━━━━━
      ［添付書類］○○○枚
                                            以上
                          担当○○課○○○○○
                          電話○○○○－○○○○
```

2. 宛名：(株)、KKなどの略称は失礼に。宛名が団体や会社の時は「御中」を。社名の下は役職名、個人名の順に書き、「様」をつける。対象者が多い時は個人名は書かず、「各位」と書く。

3. 発信者名：基本的には会社の責任ある役職者名。社印や役職者印が必要であればここに押す。

4. 用件名：ひと目で用件がわかるようにタイトルを書く。

5. 本文：前文→主文→末文の順に簡潔にまとめる。「拝啓」など頭語の次は時候の挨

挨、感謝や祝福のことばと続き、「さて」「ところで」と転語を用いて本論に入る。末文は「まずは」「とりあえず」ではじまり、「敬具」など結語で終る。

6. 別記:大切なポイントは本文の下に箇条書きにまとめる。

7. 担当者名:文書作成者名や担当者名を明記。問い合わせの電話番号も書きそえる。

社外文書実例　　通知状―価格変更通知

拝啓　貴社ますますご隆盛のこととお慶び申し上げます。 　さて、昨年来、諸原料の値上げが相次ぎ、当社におきましても採算悪化に苦慮してまいりました。しかしながら、原料の○○の値上がりは1トンあたり○円となり、当社としてもこの全額を吸収しきれなくなりました。 　つきましては、下記の通り納入価格の訂正を実施させていただきますので、なにとぞご理解ご協力を賜りたく、お願い申し上げます。 　　　　　　　　　　　　　　　敬具 　　　　　　記 　旧価格○○円　　新価格○○円 　　　　　　　　　　　　　　　以上	ポイント一方的になりがちなのが通知の文書。先方に理解してもらうためには、具体的な数字や理由を丁寧に説明する。

ドリル　残念なことに、7月15日引き渡しの貨物は、台風のため到着が3日遅れることになりました。田村さんは、そのお詫びと引渡し日の変更をビジネス文書で貿易先に通知するつもりです。

　では、その文書はどのように書けばよいのでしょうか。

新出言葉

①貨物(かもつ)	(名)	货物,行李,物品
④引き渡す(ひきわたす)	(他五)	交给,交还,提交
⓪承諾(しょうだく)	(名・他サ)	承诺,应允
②分ける(わける)	(他下一)	分,分开
①期限(きげん)	(名)	期限
③数量(すうりょう)	(名)	数量

①手配(てはい)	(名・自他サ)	筹备,安排;布置,指令
①結構(けっこう)	(形動)	可以,行;够了,足够
⓪仕向け(しむけ)	(名)	商品的发送
①ユーザー	(名)	用户,(汽车、机器等的)使用者
⓪破損(はそん)	(名・自他サ)	破损
⓪コンテナー	(名)	集装箱
⓪信用状(しんようじょう)	(名)	信用证
⓪開設(かいせつ)	(名・他サ)	开设,新设
⓪規定(きてい)	(名・他サ)	规定,规程
①⓪協力(きょうりょく)	(名・自サ)	协力,合作,共同努力
③乙仲(おつなか)	(名)	通关公司
①③ドキュメント	(名)	文件,记录
⓪バラ積み(づみ)	(名)	散装
①ブック	(名・他サ)	预定
⓪出帆(しゅっぱん)	(名・自サ)	出港
⓪入港(にゅうこう)	(名・自サ)	进港
④エアーウェイビル	(名)	空运单据
③インボイス	(名)	发货单
②-①スペース・ブッキング	(名)	舱位预约

第十二課　見送り

会話

(1)（旅行を終えていよいよ日本からの観光客は今日帰国することになりました。旅行社のガイドの李さんはその見送りに来ました…）

ガイド：もしもし、おはようございます。旅行社の李ですが、お迎えに参りました。

観光客：おはようございます。すぐ降りていきます。

観光客：お待たせしてすみません。

ガイド：いいえ。チェックアウトは。

観光客：さっき、もう済ませました。

ガイド：それでは、車を待たせてありますので、さっそく出発しましょう。荷物はこれだけですか。ベルボーイに運んでもらいましょう。

観光客：ベルボーイにいくらぐらいチップを払えばよろしいですか。

ガイド：いいえ、中国では、チップは要りません。

観光客：あ、そうですか。

（車の中で）

ガイド：これが乗車券です。特急券もいっしょになっています。軟席車つまり、日本で言うグリーン車に当たる車両で、十五番のAです。

観光客：グリーン車ですか。ゆったり座っていられますね。ところで、何時間ぐらいで着きますか。

ガイド：4時間45分です。

観光客：わあ、すごい。割と近いと聞きましたが、けっこう距離がありますね。

ガイド：そうですね。でも、中国の感覚では、四五時間はそれほど長い距離ではありません。10時間以上乗るのも珍しくありません。

観光客：ところで、ここにいる2日間、本当にお世話になりました。

ガイド：いいえ、ご満足いただけたら、こちらも嬉しいです。ぜひ、またおいでください。

観光客：ええ、また来ますよ。

ガイド：あ、着きました。2番乗り場です。どうぞ、お乗りください。

観光客：ありがとうございます。

(2)（王さんは日本での旅を終えて明日帰国します。石川さんは王さんのために送別
　　会をしたうえに、当日空港まで見送りに来ました…）

石川：時間の経つのは本当に速く、明日はもうお帰りですね。

王　：そうですね。この二週間本当にお世話になりました。

石川：どういたしまして。私にとってはいい練習の機会でもありました。

王　：それはご謙遜が過ぎますよ。石川さんの中国語は大変流暢です。

石川：いいえ、まだまだですよ。明日飛行機は何時に出ますか?

王　：午後三時です。こんなに長い間私に付き合ってくださって本当にありがとうご
　　ざいました。

石川：いいえ、どういたしまして。これからもまたどうぞいらしてください。

王　：石川さんもどうぞ上海に遊びに来てください。

石川：ありがとうございます。機会があったら必ず行きます。
　　さあ、どうぞ召し上がってください。

王　：ありがとうございます。

（空港で）

石川：ここまでしかお見送りできません。お帰りになったら、どうぞ展さんによろしく
　　お伝えください。

王　：わかりました。必ず石川さんのお気持ちを伝えます。

石川：では、どうぞ道中ご無事で。

王　：ありがとうございます。さようなら。

石川：さようなら。

豆知識

次の表現を覚えよう。

1、近いうちにまたどうぞおいでください。

2、わざわざお見送りいただきまして本当にありがとうございます。

3、お忙しいところをお見送りいただきまして恐れ入ります。

4、お寒い中わざわざお見送りいただきまして本当に恐れ入ります。

5、何のお構いもいたしませんで失礼いたしました。

6、行き届きませんで申し訳ございません。

7、きっとまたお会いできるでしょう。

8、日本でまたお会いいたしましょう。

9、社長にどうぞよろしくお伝えください。

10、ご無事をお祈りいたします。

会話のポイント

　「会話のポイント」はお互いの話がかみ合い、気持ちよく話が出来ること。また、お

互いに伝えたいことを話すことができ、相手の言わんとしていることをよく聞いて理解し合うことでもある。

会話の基本8ヵ条

1. 聞き取りやすい……………………
   はっきりした発音、適度な早さ。
2. 分かりやすい……………………
   相手の理解できる言葉（専門用語や略語は使わない）。
3. 相手の反応に合わせる……………………
   理解の度合いを確認（質問や内容を繰り返す）。
4. 穏やかな表情……………………
   話し方と調和した表情（無表情・興奮状態ではダメ）。
5. 正しい言葉遣い……………………
   適切な敬語・謙譲語（仲間言葉や流行語は避ける）。
6. 好感の持てる態度……………………
   折り目正しさ、さわやかさ（貧乏揺すりなどはしない）。
7. 本音での話……………………
   事実・本心を正確に（脚色・作為はしない）。
8. 多様な話題性……………………
   内容の充実、相手が関心のある話題（自慢話はしない）。

話し上手

会話のテクニック

1. 声に抑揚を付ける
   話の内容によって、声を大きくしたり小さくしたりしてリズムを持たせると、話が平淡にならずに聞きやすい。
2. ボディランゲージを使う
   身振り手振りで話すことで、言いたいことが伝わりやすくなる。
3. 相手の目を見て話す
   視線をそらしてばかりでは、おどおどしている・落ち着きがない・自信がない、など悪いイメージを受ける。要点を話す際には、相手の視線をとらえて相手を引きつける。
4. 適度な「間」をとる
   しゃべり続けても間があきすぎても会話が白けてしまうので、「間」の取り方を工夫する。
5. センスのある話をする
   その場の雰囲気を和やかにするためには、ユーモアのセンスも必要である。ただし、ブラックジョークばかりでは、相手を閉口させてしまう。
6. あいづちを打つ
   会話の流れにテンポを持たせたり、相手を話しやすくするために、適度のあいづちをタイミング良く打つことも大切である。

7. ギブ・アンド・テイク

　一方的に話を聞くのではなく、一つでも相手の役に立つ情報や話題を提供することで、ある程度の会話の対等性が保てる。

8. 好印象を残して終わる

　最後に感謝の気持ちを表す礼と挨拶で締めくくる。次回にまた話をしたいという気持ちにつなげる。

ドリル　一ヶ月の旅行を終えた藤田夫妻に、帰国の時が近づいてきました。見送りに来た友人達は大変多く、藤田夫妻はとても感動しました。そのため、帰国するのがいっそう名残惜しくなりました。多くの友人達といろいろな思い出話しをして、来年もまた来るという約束もしました。

　さあ、みなさん、藤田夫妻と友人達との感動的な場面を再現してみましょう。

新出言葉

④チェックアウト	（名・他サ）	结账交款,办理退房手续
②済ませる（すませる）	（他下一）	弄完,做完,办完
③ベルボーイ	（名）	酒店的行李员
①チップ	（名）	小费
③乗車券（じょうしゃけん）	（名）	车票,乘车券
③特急券（とっきゅうけん）	（名）	特快加快票
⑤軟席車（なんせきしゃ）	（名）	卧铺车
②グリーン車（グリーンしゃ）	（名）	软席车,卧铺车
⑩当たる（あたる）	（自五）	相当于,合
⑩車両（しゃりょう）	（名）	车厢,车辆
③ゆったり	（副・自サ）	舒适,宽敞
①距離（きょり）	（名）	距离
⑩感覚（かんかく）	（名・他サ）	感觉
①満足（まんぞく）	（名・自サ）	满足,满意
⑩謙遜（けんそん）	（名・自サ・形動）	谦逊,谦虚,自谦
①流暢（りゅうちょう）	（形動）	流利,流畅

第十三課　ツアーを予約する

会話

(1) (日本人観光客は万里の長城への観光についてホテルのフロント係にいろいろと
　　聞きました…)

観光客　：あの、すみません。

フロント：おはようございます。

観光客　：1002室の佐藤ですが、万里の長城への日帰り観光をしたいのですが、どうす
　　　　　ればよいでしょうか。

フロント：はい。万里の長城なら列車で行く方法やタクシーで行く方法などがありま
　　　　　すが、やはりバスツアーが一番いいかと思います。各会社のツアーの時刻な
　　　　　どは、こちらのパンフレットにございます。

観光客　：それ、一部いただけませんか。

フロント：どうぞ。それから、どれかにお決めになったら、私どものほうで、お客様に代
　　　　　わって予約をいたします。

観光客　：それは助かります。それと、出発とホテルまで戻る時刻は大体何時ごろです
　　　　　か。

フロント：色々ございますが、朝7時出発、午後に戻る時刻が一番利用者が多いようで
　　　　　す。

観光客　：わかりました。

フロント：それから、会社によってバスに乗る場所がここからちょっと離れている場合
　　　　　もあります。こちらの3社のツアーなら、ホテルまでお客様を迎えにきてく
　　　　　れます。

観光客　：それは有難いですね。それじゃ、予約のほう、お願いできますか。

フロント：はい。それでは、こちらのA社でよろしいですか。

観光客　：迎えにきてくれるほうですね。

フロント：そうです。

観光客　：それでは、お願いします。私と、妻と、それから、娘の3人です。

フロント：かしこまりました。それでは、明日朝7時出発の、A社の万里の長城バスツ
　　　　　アー、三名様を予約いたします。後ほど、予約の結果をお電話でお部屋へお

　　　　　　知らせいたします。
観光客　　：よろしくお願いします。

(2)謝さんは夫婦二人で京都へ旅行をしたいと思っています。この日、旅行社に来て　具体的なスケジュールを作ってもらいました…)

謝　　　　　：あのう、来月の二日から家内と二人で京都へ行きたいんですが、スケジュールを作ってもらえませんか。

　　（旅行社の人はメモをしながら話します）

旅行社の人：京都ですね。何泊のご予定ですか。

謝　　　　　：四泊五日です。

旅行社の人：特にご覧になりたいところがありますか。

謝　　　　　：ええ、金閣寺が見たいんです。それから、家内は焼き物をほしがっているんですが、京都に有名な焼き物がありますか。

旅行社の人：ええ、清水焼がございます。ほかに、何かご希望がございますか。

謝　　　　　：はい。会いたい人がいます。

旅行社の人：どなたと…?

謝　　　　　：舞子さんに会いたいんです。家内は、舞子さんの写真を撮りたがっています。

旅行社の人：さようでございますか。はい、わかりました。

謝　　　　　：あのう、それからホテルには泊まりたくないんです。ぜひ、旅館に泊まりたいんです。

旅行社の人：わかりました。では、スケジュールをお作りして一週間後にお電話いたします。

謝　　　　　：お願いします。

豆知識

聞き上手

●聞く姿勢の基本

　相手のことをよく理解するために、相手が気持ちよく話せるように、聞き上手になるために心掛けておくポイントがある。

●聞く姿勢のポイント

1、自分の話す量を抑えながら、相手の話に耳を傾ける。

2、相手が話し終わるまで割り込まず、話し終わったのを確認して話す。

3、適度な「あいづち」や「うながし」で、相手の話に反応を示す。

4、相手を「主語」にして、話に関心・共感を表しながら聞く。

5、聞く側も表情豊かな顔で、相手の視線をとらえて聞く。

6、一生懸命に聞く姿勢を持ち、相手の強調した話はメモをとる。

7、相手の話をきいていることを伝えるためにも。適度な質問を入れる。

8、聞いた内容に対しての感想（喜び・驚き・感動）を相手に伝える。

●聞き上手のコツ

　　ビジネスの上では「質問話法」を使い、相手の本音を引き出すための聞き上手になることも必要だ。「商談の成功確率は質問の数に比例する」ともいわれる。だが、闇雲に質問すればよいというわけではないのだ。ポイントは、次のような段階を踏むことだ。

1、相手の実状を把握する

2、相手の潜在的ニーズを明確にする

3、相手に掘り下げた質問をする

4、相手に本音の確認質問をする

5、具体的提案をする

ドリル　初めて中国に来た織田さんには、行ってみたいところがたくさんあります。しかし、言葉がわからないので、ひとりで回るのはやはり心細いようです。そこで、まずは、旅行会社に電話してツアーの予約をしようと思いました。大連への2、3日の旅で、自分の泊まっているホテルまで迎えに来てほしいという要望です。

　　織田さんは、これからどのように電話をするのでしょうか。

新出言葉

④⓪日帰り（ひがえり）	（名）	当天返回
①ツアー	（名）	郊游，旅游
③助かる（たすかる）	（自五）	得到帮助
③離れる（はなれる）	（自下一）	离开，远离
②③スケジュール	（名）	日程表，预定计划表
⓪焼き物（やきもの）	（名）	陶瓷器
⓪舞子（まいこ）	（名）	舞妓

第十四課　ホテルの予約

会話

(1)（大島さんは国際ホテルに電話をして部屋の予約をしています…）

フロント：ありがとうございます。国際ホテルでございます。

大島　　：すみませんけど、10月1日のツインを1部屋予約したいのですが。

フロント：ご1泊でございますか。

大島　　：そうです。

フロント：申し訳ございませんが、この日はツインは満室になっております。

大島　　：それではシングルを2つお願いします。

フロント：はい、かしこまりました。ご宿泊のお客様のお名前とご連絡先のお電話番号、ご到着予定時間をお願いいたします。

大島　　：大島です。電話番号は531—5015で、18時ごろの予定です。

フロント：大島様、10月1日、シングル2室、ご1泊、ご用意いたします。

大島　　：チェックインは何時からですか。

フロント：午後2時からでございます。ありがとうございました。予約係り田中が承りました。お待ちしております。

(2)（日本人観光客はスイスホテルに電話をして家族三人が泊まる部屋の予約をしたいと思っています…）

観光客　：もしもし。

フロント：はい、スイスホテルでございます。

観光客　：部屋の予約をしたいんですけど。

フロント：ありがとうございます。いつごろから、何名さまでしょうか。

観光客　：来週の3月12日から三泊でお願いします。家族三人ですけど、ツインルームをお願いします。

フロント：承知しました。少々お待ちください。

観光客　：はい。

フロント：申し訳ございません。12日はツインルームは全部予約済みです。スイートルームはいかがでしょうか。

観光客　：いいでしょう。それから、4歳の子供を連れていますが、スイートルームに子供用のベッドを入れていただけませんか。

フロント：はい、もちろんできます。こちらのほうは無料サービスさせていただきます。

観光客　：それはありがたいですね。

フロント：お部屋に対するほかのご希望は。

観光客　：そうですね。できるだけ静かな部屋をお願いします。

フロント：かしこまりました。

観光客　：それから、そちらのホテルにはプールはありますか。

フロント：はい、ございます。標準のプールと子供用の小さいプールがあります。お泊りの方は無料でご利用いただけます。

観光客　：わかりました。サウナや、ジェットバス、ジャクジーはありますか。

フロント：はい、地下には大浴場がありまして、そこにサウナもあります。各客室にジェットバス、ジャクジーがあります。

観光客　：わかりました。

フロント：それでは、お待ちしております。

〜〜〜〜〜〜〜〜〜【豆知識】〜〜〜〜〜〜〜〜〜

メモの効果的なとり方

基本は5W2H	When（いつ）、Where（どこ）、Who（誰）、What（何）、Why（なぜ）、How（どのように）、How Much（いくら）という項目を基本にしてメモを取る。
その場で書く	約束の日時・場所は、書き漏らし等を防ぐため、聞いたその場で書く。
ポイントのみ	あくまでもメモという性格上、要点のみ箇条書きにする。
1枚・1用件	1枚に複数の用件を記入すると訳が分からなくなるので、1枚につき1用件にする。
事実・結果	私見や感想は不要で、事実をありのままに書く。
正確な数字	数字（日時・金額等）の間違いでトラブルを起こさない。
読める字	いつ、誰が見ても分かるような筆記を心掛ける。

（続表）

所定の用紙	社内で統一された用紙を使用し、私的メモと区別する。
確実に渡す	メモの取りっぱなし、置きっぱなしにならないよう、早めに渡す。

生きるメモを取るポイント

1.要・不要の判断を素早く行う

メモの下手な人は、何でも書こうとするあまり、思考の大部分が書く作業に費やされてしまっている。情報の取捨選択が必要である。

2.略字や記号を多用する

長い会社名等はそのまま書かなくても、略字で事足りる。また、話が前後するときや、関連事項が後から出てきたときは矢印でつないだり、＝や≠等の記号を使うことも有効である。

3.追加記入できるスペースを空けておく

ゆったりとしたサイズの用紙にメモをすると、後から補足などを加えることができ、便利である。

4.相手の話し方の癖を見る

最初に結論を述べてから補足説明をする人もいれば、ある人の意見を引用しておきながら、最後に正反対の自分の意見を述べる人もいる。相手のパターンを早くつかむことにより、合理的なメモが取れる。

5.周囲の状況もメモしておく

観察力を養うためにも、周囲の状況に目を配る。相手の机にある他社のパンフレットやカレンダーに刷り込まれた銀行名等は、後日役に立つことがある。

6.あいまいな点は聞き正しておく

メモの取り方の問題だけではなく、相手のあいまいな表現は聞き正しておくことで、情報の質が向上する。

7.なるべく早くメモを見直しておく

相手の目の前ではメモしにくい情報や、メモに書き漏らした頭の中の情報を付加して、メモをより精度の高いものに仕上げる。

ドリル 吉田さんはある旅行会社で事務を担当しています。24日出発の30名参加の中国ツアーがあるので、今その準備をしています。この日、30名の宿泊先のことで、中国のホテルに予約を入れました。旅行シーズンのため、最初はうまくいきませんでしたが、何回目かでようやく予約がとれて吉田さんもほっとしました。

では、みなさん、吉田さんの仕事ぶりを想像して、同じように予約を取ってみませんか。

新出言葉

④ツインルーム	（名）	双人房间
⓪満室（まんしつ）	（名・形動）	住满了
④シングルルーム	（名）	单人间
⓪宿泊（しゅくはく）	（名・自サ）	投宿，住宿
⓪到着（とうちゃく）	（名・自サ）	到达，到，抵达
⓪⑤承る（うけたまわる）	（他五）	（「引き受ける」的谦让语）接受、恭听
⓪承知（しょうち）	（名・他サ）	知道，知晓
②済み（すみ）	（名）	完结，完了，结束
①⓪無料（むりょう）	（名）	免费，不要钱，不要报酬
④有り難い（ありがたい）	（形）	值得感谢，感激，难得的
④かしこまりました	（自五）	（接受命令时的回答）遵命，是（恭恭敬敬地说）知道了
⓪標準（ひょうじゅん）	（名）	标准
④スイートルーム	（名）	套房
①サウナ	（名）	蒸气浴，桑拿浴
④ジェットバス	（名）	小型水流按摩浴缸
①ジャクジー	（名）	大型泡泡浴池
⓪浴場（よくじょう）	（名）	浴场，公共浴池
⓪客室（きゃくしつ）	（名）	客房

第十五課　チケットの予約

会話

(1)（日本人観光客は予約したホテルに電話をして京劇のチケットの予約を依頼しています…）

フロント：お待たせいたしました。竜泉ホテル、フロント係でございます。

観光客　：わたくし、田中と申します。そちらのほうに、6月20日に予約をしているものですが、京劇のチケットを取っていただけないかと思いまして。

フロント：かしこまりました。ご希望の日にちと、昼の部か、夜の部か、ご希望がございましたら、今、お伺いしたいのですが。

観光客　：ええ、取れれば、21日をお願いします。午後の部が取れれば一番いいんですけれども、なければ、夜の部でも結構です。それがなければ、22日ので結構です。

フロント：6月21日は平日ですので、こちらの昼の部が取りやすいと思います。

観光客　：わかりました。値段は二人で、いくらぐらいになりますか。

フロント：はい、平日の普通席ですと、お一人様200元、特別席で、お一人様350元となります。

観光客　：だいぶ違いますね。安いほうにします。それから、23日の列車の乗車券をお願いします。北京までで、二人です。

フロント：片道ですね。

観光客　：はい、片道でおねがいします。

フロント：23日、お二人様で、北京までですね。何時ごろのがよろしいでしょうか。

観光客　：できたら、お昼頃に北京につきたいのですけれども。

フロント：お昼頃ですね。ほかに何か、ご希望がございますか。

観光客　：それから、なるべくエアコン付きの特急観光列車で、禁煙車がいいんです。

フロント：中国の列車は、現在全車禁煙となっております。そうしますと、T23北京行きというのがございます。こちらの列車ですと、発車は6時30分で、北京着は午後3時40分です。お値段のほうは、乗車券と特急券を合わせて、お一人153元ですね。

観光客　：いいですね。それにしてください。

フロント：わかりました。では、お席のほうは、硬席、軟席、どちらになさいますか。

観光客　：硬席とか軟席と言うのは。

フロント：はい、硬席は普通席で、軟席は日本で言うグリーン席です。軟席のほうが、ゆったりとお座りいただけます。

観光客　：そうですか。それは余分にお金がかかるんですか。

フロント：はい。硬席、つまり普通席より50元高くなっております。

観光客　：それなら、普通席の指定席で結構です。

フロント：かしこまりました。では、確認させていただきます。まず、京劇のほうですが、ご希望は21日の昼の部、なければ、夜の部、21日のがなければ、22日の部、普通席でお二人様、でございますね。列車のほうはT23北京行きで、同じくお二人様。ということで、よろしいですね。

観光客　：はい、それで結構です。

フロント：結果を後ほどこちらからご連絡させていただきたいと思いますので、お電話番号をお願いします。

観光客　：すぐ出かけますので、後でこちらから電話を差し上げます。

フロント：分かりました。では、お電話をお待ちしています。

観光客　：どうもありがとうございました。

（2）（山本さんは切符を予約するためにある旅行会社に来ました…）

山本：あの、切符を予約したいんですが。

社員：切符のご予約でしたら、私が承ります。

山本：そうですか。7月28日の火曜日なんですが…。信州の松本まで、午前九時の特急の座席指定を二枚取ってもらいたいんですが。

社員：7月28日、来週の火曜日ですね。松本まで、午前九時の特急の座席指定二枚でございますね。往復ですか、片道ですか。

山本：片道でいいです。

社員：片道ですね。売り切れの場合は、いかがいたしましょうか。次のは十時ですが、それでもよろしいですか。

山本：それではちょっと遅いなあ…売り切れのときは、グリーン車でもいいです。

社員：今のシーズンは、グリーンのほうが、むしろ取りにくいと思いますが…

山本：それでは、そのときは、自由席で並ぶしかないですね。

正しい敬語の使いかた

　敬語には相手や相手の行動などへの敬意を表す「尊敬語」、自分がへり下って相手への敬意を表す「謙譲語」、丁寧な表現をすることで相手に敬意をはらう「丁寧語」があ

る。いずれも相手への敬いの気持ちが基本。適切に使い分けれれば、よい印象を与えることができ、人間関係も円滑に進むが、逆に、尊敬語と謙譲語を取り違えたりすると、あなた自身だけでなく、会社全体の質まで問われかねない。正しい言葉づかいは、ビジネスをスムーズに進めるうえでも、きわめて大きな役割を持っているといえる。

「お」と「ご」の誤用に注意する

● たとえ相手の所有物であっても動・植物には「お」「ご」はつけない。また、ビールやコーヒーなどの外来語や会議室などの公共物にもつけない。

● 尊敬語の「お~になる」と謙譲語の「お~する」を間違えないよう。例）お待ちして下さい　→お待ちになって下さい

※二重敬語に注意する

例）ご調査された　　　　　　　　　　→調査された~（「された」は尊敬語）

　　お召し上がりになられますか。　　→お召し上がりになりますか。

敬語の正しい使い方例：

自他の呼称

● 私たち　→　私ども

● 自社　　→　私ども・当社・弊社

● 他社　　→　御社・貴社・「〇〇会社さん」

質問・回答

● 何ですか。　　　　　　　　　→　もう一度おっしゃっていただけませんか。

● 何の用ですか。　　　　　　　→　どういうご用件でしょうか。

● 名前は何ですか。　　　　　　→　失礼ですが、お名前をお聞かせ下さい。

● 誰を呼べばいいですか。　　　→　ご用件は承っておりますか。

● どうでしょうか。　　　　　　→　いかがでしょうか。

依頼

● すみませんが…　　　　　　　→　お手数ですが・誠に恐れ入りますが・ご面倒ですが…

● ちょっと待って下さい。　　　→　少々お待ち下さい。

● ~してもらえませんか。　　　→　~していただけませんでしょうか。

● もう一度来て下さい。　　　　→　もう一度ご足労願えませんでしょうか。

　　　　　　　　　　　　　　　　　もう一度お越し下さいませんでしょうか。

同意・承認

● わかりました。　　　　　　　→　かしこまりました。

　　　　　　　　　　　　　　　　　承知いたしました。

謝罪・お詫び

● ごめんなさい。　　　　　　　→　申し訳ございません。

　　　　　　　　　　　　　　　　　失礼いたしました。

　　　　　　　　　　　　　　　　　すいません。

ドリル　菅原夫妻は来月の15日に上海へ旅行する予定でした。そのため、航空会社にチケットの予約を入れておきました。しかし仕事の都合で予定していた旅行には行けなくなりました。それで仕方なく菅原さんは、航空会社に再度電話してチケットの予約のキャンセルをしようと思いました。

　　果たして、うまくキャンセルできるのでしょうか。みなさんもその場面を想定して会話をしてみましょう。

新出言葉

◎京劇（きょうげき）　　　　　（名）　　　　　京剧

①部（ぶ）　　　　　　　　　（名）　　　　　部分，场次

◎平日（へいじつ）　　　　　　（名）　　　　　平日

③合わせる（あわせる）　　　　（他下一）　　　加上，加在一起

③硬席（こうせき）　　　　　　（名）　　　　　硬席

◎禁煙（きんえん）　　　　　　（名・自サ）　　禁烟

④指定席（していせき）　　　　（名）　　　　　对号入座的座位

◎往復（おうふく）　　　　　　（名・自サ）　　往返

④自由席（じゆうせき）　　　　（名）　　　　　散座

第十六課　買い物

🙂🙂会話

(1)（日本人観光客は買い物についてガイドの王さんにいろいろとアドバイスを求めました…）

観 光 客 A：王さん、今日の午後はショッピングの時間ですね。友達や家族にお土産を買いたいんですけど、どこで買ったらいいでしょうか。

ガイド　：そうですね。お土産なら大連商店へご案内したいと思います。大連商店では中国各地の特色のあるものを取り揃えております。

観 光 客 B：大連商店ですか。聞いたことがあるんですけど、普通のお店より値段が高いそうですね。

ガイド　：いいえ、そうとは限りません。値段は品質によって決まっていますから、どの店にも、高いものも安いものもあります。

観 光 客 B：それはそうですね。友人に翡翠を頼まれたんですが、大連商店にもありますか。

ガイド　：大連商店は翡翠などの宝石類も種類が多いようです。それから日本では名高い手織りのカーペット、両面刺繍なども色々とあります。

観 光 客 B：そうですか。じゃ、大連商店に行きましょう。

ガイド　：皆さん、まずこの見取り図をご覧ください。商店のことを簡単にご紹介いたします。この一階の、右手のほうで食品類、酒、タバコなどを売っています。その他には漢方薬、化粧品なども売っています。二階には衣料類、毛皮類、日用品などがあります。三階では色々な宝石、アクセサリー、工芸品、中国画、骨董などを売っています。

観 光 客 B：じゃ、私、三階へ行ってきます。

ガイド　：買い物の時間は二時間になっておりますから、そんなに急がなくてもいいですよ。

観 光 客 B：それでは、ここは3時までですね。

観 光 客 A：時間はたっぷりありますね。じゃ、ぶらぶら回ってみます。ここでいろいろ見られるんですね。

ガイド　：ええ、二時間後にここでご集合をお願いします。それから、ここの店員さん

　　　　　の多くは日本語と英語であれば少しぐらいはできますが、どうしても通じ
　　　　　ない場合は遠慮なく私を呼んでください。

観光客 A：そうですか。店員さんが少しでもできるなら、何とかなると思います。

観光客 B：そうですね。

ガイド　　：もう一つ、ここでは、クレジットカードとトラベラーズチェックも使うこと
　　　　　ができます。

観光客 A：そうですか。それは便利ですね。

ガイド　　：買物する時、まず店員から伝票をもらってレジでお払いください。それか
　　　　　ら、レジでまた、サインした伝票をもらって来てください。品物と領収書
　　　　　は、伝票と引き換えになります。

観光客 B：あ、そうですか。どうも。

ガイド　　：鈴木さん、右手の突き当たりのところにエスカレーターがありますから、ど
　　　　　うぞ、ご利用になって、三階にいらっしゃってください。

観光客 B：どうも、ありがとう。

ガイド　　：買物中は、ご自分の貴重品やお財布などにお気をつけください。

観光客AB：はーい。

ガイド　　：それでは、三時までにここへお集まり願います。

観光客AB：はーい。

ガイド　　：それでは、お気をつけていらっしゃってください。

観光客 A：じゃ、三時にここで。

観光客 B：行ってきます。

(2)（金さんはビデオを買いたいので友達の海藻さんに買い物に付き合ってもらいま
した…）

金　：今日、お手数ですが、買い物に付き合っていただけませんか。

海藻：いいですよ。何を買いたいのですか。

金　：ビデオを一台買いたいのですが、中国で使える物があるでしょうか。

海藻：多分あるでしょう。行ってみましょう。

金　：その他に、友だちに少し土産を買いたいのです。

海藻：まず秋葉原に行きましょう。あそこの物は割合に安いです。

金　：この種のビデオはどうでしょうか。

海藻：これは一番新しい機種です。今ちょうどテレビで宣伝しています。

金　：値切れますか。

海藻：ちょっと待ってください。私が聞いてみます。

（しばらくして）もし自分で持って帰るなら一割引きすると言っていますが。

金　：それ以上安くできませんか。

海藻：できません。さっき私が聞きました。

金　：それでは一台買いましょう。

海藻：まだほかに買いたいものがありますか。

金　：こんなところでしょう。勘定をしましょう。どこでお金を払うのですか。

海藻：あそこです。

 豆知識

営業マンの取るべき行動と仕事とは、次のようなものだ。

●顧客のニーズを正しく、詳細に知る。

●顧客が直面している問題を的確に知る。

●顧客の問題を解決するための、マーケティング上の処方箋を企画する。

●顧客の問題を解決する可能性を、自社の商品とサービスにおいて企画する。

●顧客に対して、魅力的な商品提案を積極的に行う。

ダメな営業マンの特徴

●人間関係の重要性に気付かず、そのため円滑なコミュニケーションを図る力が欠如している。

●目的意識が薄く、営業活動を単純労働と勘違いしている。

●学習意欲に欠け、値引きだけしか顧客に提供できない。

●社内でも、話しやすい同僚とばかり付き合う傾向がある。

●顧客から得てくる情報が極端に少ない。

●説明がどの顧客にも同じで、説得に工夫がない。

できる営業マンの特徴

●社内において、他の部署や上司・部下の人脈が広い。

●顧客の細かな情報もよく知っている。

●自社の仕入コストや販促コスト等、他部門の数字にも常に気を配っている。

●目的を持って、毎日の営業活動を行っている。

●顧客の経営や、かなり入り込んだ事柄に対する提案も行っている。

●国際市場や経営事情等、一見営業活動に直接関係ないような広い分野においても情報を収集し、営業活動に活かしている。

ポイント

　営業ツールであるパンフレットや、商品サンプル、ノベルティー・グッズをうまく使うことも、できる営業マンの秘訣だ！

ドリル　初めて日本へ旅行に来た劉さんは、お土産にデジカメを買おうと思っています。劉さんは、どのようにすれば安くて質のよいデジカメが買えるのかと大変悩んでいます。一方松井さんは、最近電気屋さんに勤めたばかりの新入社員です。いつもお客様に礼儀よく接することを心掛けています。

　さて、こんな二人はどのように商談するのでしょうか。お手並み拝見！

新出言葉

⓪特色（とくしょく）	（名）	特色
⓪⑤取り揃える（とりそろえる）	（他下一）	备齐,齐备
③名高い（なだかい）	（形）	有名的
②手織り（ており）	（名）	手织品
③見取り図（みとりず）	（名）	略图
④毛皮類（けがわるい）	（名）	皮毛品
⓪骨董（こっとう）	（名）	古董
⑥クレジットカード	（名）	信用卡
⑦トラベラーズチェック	（名）	旅行支票
⓪伝票（でんぴょう）	（名）	收银条,传票
①レジ	（名）	金钱出纳处,金钱出纳员
⓪⑤領収書（りょうしゅうしょ）	（名）	发票
⓪引き換え（ひきかえ）	（名）	交换,兑换

第十七課　チェックイン・チェックアウト

会話

(1)（日本人観光客は予約したホテルに到着しフロントでチェックインの手続きを頼みました…）

観光客　：チェックインお願いします。

フロント：はい、ご予約はございますか。

観光客　：はい、海外観光旅行社が予約してくれたと思いますが。

フロント：お名前をお願いいたします。

観光客　：吉本雅夫と言います。

フロント：少々お待ちください。お待たせいたしました。吉本様、三泊のご予定でございますね。すみませんが、ホテルクーポンとパスポートをお願いします。

観光客　：はい、どうぞ。

フロント：今すぐ手続きをいたしますので、少々お待ちください。お待たせいたしました。ここにサインをお願いできますでしょうか。ありがとうございます。では、ホテルクーポンとパスポートをお返しします。クレジットカードをお借りできますか。

観光客　：はい、どうぞ。

フロント：ありがとうございます。では、クレジットカードをお返しします。どうぞご確認ください。たいへんお待たせいたしました。お泊りの部屋は20階2010号室で、禁煙のダブルルームでございます。こちらはお部屋カードと鍵でございます。どうぞ。

観光客　：ありがとう。朝食はどこで取るんですか。

フロント：一階の洋食レストランと二階の中華レストランで毎朝7時から朝食をお出ししております。どうぞお好きなほうにお越しください。その時にこのお部屋カードをお持ちください。

観光客　：分かりました。ところで、このホテル内にプールはありますか。

フロント：はい、三階のヘルスセンターにプール、サウナ、ジャグジー、スポーツ施設などがございますので、いつでもご利用いただくことができます。

観光客　：そうですか。分かりました。ついでに、明日のモーニングコールをお願いし

　　　　　　たいのですが。

フロント　：はい、何時がよろしいでしょうか。

観光客　　：六時半に起こしてください。

フロント　：はい、かしこまりました。ほかに何かご希望はございますでしょうか。

観光客　　：いや、特にないです。どうもありがとう。

フロント　：いいえ、どういたしまして。お荷物はベルボーイがすぐお運びいたしますの
　　　　　　で、どうぞごゆっくり。

(2)（日本人観光客は帰る日の朝、泊まっているホテルのチェックアウトをしていま
　　す…）

観光客　　：チェックアウトお願いします。

フロント　：はい、ルームナンバーをお願いします。

観光客　　：2046です。

フロント　：少々お待ちくださいませ。お部屋のミニバーをお使いになったでしょうか。

観光客　　：缶ビールを一本飲みました。

フロント　：はい、かしこまりました。こちらは明細書でございます。国際電話を含め
　　　　　　て、電話料金は180元でございます。それから缶ビールが一本10元となっ
　　　　　　ておりますので、合わせて190元になります。どうぞご確認ください。間違
　　　　　　いございませんでしたら、どうぞこちらにサインをお願いします。

観光客　　：はい。間違いないです。

フロント　：現金でお支払いになられますか。それとも、カードになさいますか。

観光客　　：現金でお願いします。はい、200元でお願いします。

フロント　：はい、200元のお預かりですので、10元のお返しでございます。こちらは明
　　　　　　細書と領収書でございます。それから、チェックインに際しまして、お客様
　　　　　　のクレジットカードのコピーをお預かりしておりますので、お返しいたしま
　　　　　　す。どうぞご確認ください。

観光客　　：はい、ありがとう。ちょっとお願いがあるんですが。

フロント　：はい、何でございましょうか。

観光客　　：帰りの飛行機は午後なので、今からちょっと買い物にいってきたいんです
　　　　　　が、荷物を預かっていただけますか。

フロント　：かしこまりました。お荷物は全部でおいくつでしょうか。

観光客　　：スーツケースが二つで、ボストンバッグが一つです。

フロント　：はい。何時ごろに取りにお見えになるでしょうか。

観光客　　：午後2時です。

フロント　：わかりました。ここにサインをお願いします。取りにお見えになる際にこ
　　　　　　の預り証をお忘れにならないようお願いします。

観光客　　：はい、どうもありがとう。

フロント　：ありがとうございました。

$$\text{豆知識}$$

会話のヒント

あらかじめ宿泊の予約してあるときは、フロントで次のように言えばよい。

予約してある、中村です。

今晩から二日の予定です。

次の言葉を覚えよう

シングル（単人間）　ダブル（双人間）　スイート（套房）　デラックス（豪華）

問い合わせの表現集

テレビが映らないですが。　　　　　　　　（电视放不出来。）

部屋の掃除をしっかりやってください。　　（把房间好好扫扫。）

ゴキブリがいて気持ち悪いんだけど。　　　（有蟑螂很恶心。）

トイレの水が流れません。　　　　　　　　（洗手间堵了。）

トイレットペーパーがありません。　　　　（卫生纸没了。）

お風呂の湯が出ないのですが。　　　　　　（洗澡水出不来。）

隣の部屋の音がうるさいんだけど。　　　　（隔壁房间太吵了。）

マッサージ、何時まで呼べますか。　　　　（按摩服务到几点?）

220Vを110Vに下げる変圧器は貸してもらえませんか。

　　（能不能借将220伏降到110伏的变压器?）

部屋にインターネット用のモジュラーはありますか。

　　（房间里有上网用的专用插线吗?）

チップの金額（旅館・ホテル）

● 日本旅館では、部屋担当の係の人が挨拶に来た時に

＊「心付け」を渡す習慣があるが、必ず必要という訳ではない。

＊1～3千円ぐらいを封筒に入れて、「お世話になります」と渡したり、封筒がなければ
　白い紙に包んで渡したりする。

＊とっさに一万円札しかない場合など、堅苦しく考えず、小銭ができてから機会を見て
　渡すか、無理に渡さなくても良い。

● 海外のホテルでは、部屋の掃除をしてもらう前やチェックアウト時に枕の下に1人
　100円程度のチップを置く。

＊小銭をあらかじめ用意しておくといざという時便利。

＊国によって習慣や金額が多少異なるので注意。（ガイドブックなどで確認を行う）

ドリル　出張で日本に来た趙さんは、予約していたホテルに着きました。フロントで
チェックインの手続きを無事済ませて部屋に入りました。そして、趙さんは、風呂のお
湯が出ないことに気がつき、すぐフロントに電話をしました。

　さあ、趙さんとホテルの従業員になってその会話をしてみましょう。

新出言葉

①クーポン	（名）	（车、船、旅馆等）通票，联运票
④ヘルスセンター	（名）	健康中心
⑥モーニングコール	（名）	早上的叫醒服务
④チェックアウト	（名・他サ）	结账交款
④ルームナンバー	（名）	房间号
③ミニバー	（名）	房间内的小酒吧，付费商品区
⓪⑤明細書（めいさいしょ）	（名）	账单
④スーツケース	（名）	行李箱
⑤ボストンバッグ	（名）	（旅行用）手提包
①際（さい）	（名）	~的时候
⓪フライト	（名）	飞行
⓪預り証（あずかりしょう）	（名）	存条,存单

第十八課　宴会

会話

(1)（宋さんの会社の東京支店はパーティーを開きました。他社の小田部長も招待されました…）

ボーイ：お飲み物をどうぞ。

小　田：あ、ありがとう。これは何ですか。

ボーイ：ジントニックでございます。

小　田：水割り、ありますか。

ボーイ：はい、ございます。すぐにお持ちいたしますので、少々お待ちください。

小　田：ありがとう。お願いします。

小　田：やあ、宋さんじゃありませんか。お久しぶりです。

宋　　：あ、小田部長。気がつきませんで失礼いたしました。

小　田：いや、こちらこそ。本日はご招待くださいましてありがとうございます。

宋　　：いえ、お忙しい中をわざわざおいでいただきまして、ありがとうございました。

小　田：なかなか盛大なパーティーですね。ところで、どうですか。最近は。

宋　　：ええ、おかげさまで。まあ、なんとか、日本での仕事にも慣れてまいりました。

小　田：それは結構です。

宋　　：お宅のほうはいかがですか。

小　田：一時は円高の影響で貿易部門は打撃を受けて業績が落ちましたが、まあ、今は
　　　　おかげさまで徐々に持ち直してきております。

宋　　：それは何よりです。ところで部長はゴルフがお好きだと伺っておりますが、よ
　　　　くおやりになるんですか。

小　田：ええ、最も、下手の横好きというのでしょうか。腕のほうは一向に上がらなく
　　　　て。

宋　　：いえ、ご謙遜を。一度お手合わせを願いたいですね。

小　田：ほう、宋さんもおやりなんですか。それでは、そのうちお電話でもしてお誘い
　　　　しますよ。

宋　　：楽しみにしております。

（2）（ある会社の宴会の場で小松さんは司会を務めています。杉山会長の乾杯の音頭
　　を始めに、宴会は楽しい雰囲気の中で行われています…）

小松：皆さん、よくいらっしゃいました。心から歓迎します。お疲れになられたことで
　　　しょう。お腹もすいたことでしょうから、面倒な挨拶抜きで宴会に入りましょ
　　　う。皆さんのご来訪を歓迎して乾杯しましょう。乾杯の音頭はわが社の杉山会
　　　長にお願いします。

杉山：乾杯！

一同：乾杯！

李　：このお酒はアルコール度が高いようですね。舌がしびれる感じです。

小松：52度ありますから、慣れないときついかもしれません。

李　：私はお酒があまり強くないので…。

小松：いやいや、先ほどから拝見しているとかなりのものですね。

李　：とんでもない。あなたの飲ませた方が上手だからついつい…。実は私は肝臓を
　　　病んでいまして、酒は医者に止められているんです。

小松：そうですか、じゃ、お茶にしましょう。お茶は温かいほうがいいですか。

李　：冷たくてもかまいませんが、氷はいりません。

小松：では、乾杯しましょう。（二人一緒に）乾杯！
　　　さあ、たくさん食べてください。生ものは大丈夫ですか。

李　：まったく問題ありません。

小松：中国には刺身などを食べる習慣がないでしょう。

李　：いやいや、日本料理店も増えましたから。

小松：どんな刺身が多いのですか。

李　：サーモンがわりと多いですね。この赤みがかった魚は何ですか。

小松：マグロです。

李　：新鮮でおいしいですね。

小松：お寿司は食べたことがありますか。

李　：ええ、大好きです。

小松：この次にはお寿司にお連れしましょう。

〜〜〜〜〜〜 豆知識 〜〜〜〜〜〜

招待するとき
①前日までにすること
　　参加者の選定と確認　　　日程の確認　　　　予算
　　場所の予約　　　　　　　連絡　　　　　　　準備金の手配
②当日にすること
　　店の責任者へのあいさつ　会場のチェック　　主客双方の紹介

乾杯の音頭	席順の取り決め	宴会の進行
ムード盛り上げ	中締め(二次会へ誘導)	支払の手続き
帰りのタクシーの手配	みやげもの渡し	送り出し

③ほかのポイント

カラオケ下手でもいいので1曲は歌いましょう。

人が歌った曲は歌ってはいけません。

接待相手や上司の持ち歌を歌うのは控えましょう。

マイクは独占してはいけません。

お酒を注ぐとき

ビールはラベルを上にして注ぎましょう。

日本酒の徳利は杯から少し離してつぎましょう。

気候や季節と関連した飲み物を用意しましょう。

お酒が進んでいない方でも無理に勧めてはいけません。

(お飲み物を変えましょうかなどの気配りが必要です。)

飲んでいる最中…

ひとりで飲んでいる人がいたら酒とビールを持参して会話にハズミをつけましょう。

接待相手が話しをしている時は耳を傾けて聞きましょう。

(あくびは接待相手に見せないようにしましょう。)

座席の座る位置

食事に行ったときなど座席には、上座・下座があります。

どこが上座なのか、どこに座れば上司に失礼がないのか把握しておきましょう。

＊日本間

床の間と床脇のある日本間では、床の間を背にした席が上座。

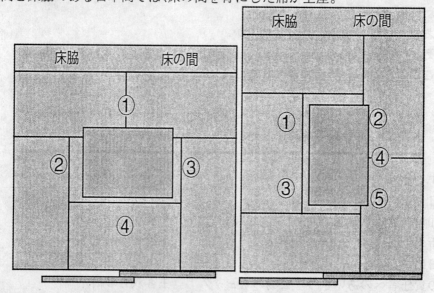

＊洋間

　出入口から最も遠い席が上座。応接セットは、ソファーが上座で、ひじ掛け椅子がその次、ひじ掛けのない椅子が末席。

＊中華料理店

　出入口から最も遠い席が上座。

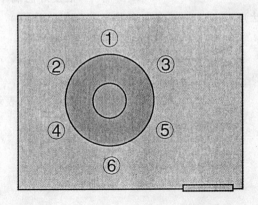

招待されたとき

　名刺を多めに用意しておく

　決められた時間を守る（早すぎたり、遅れたりしない）

　案内された席に座る

　進行（挨拶、乾杯、食事など）は、接待側の段取りに従う

　和やかな場にするために、自分勝手な行動は慎む

　食べるスピードは周囲にあわせる

　料理や酒を勝手に注文しない

　酔いすぎ、どんちゃん騒ぎは他人に迷惑…など

ドリル　章さんをはじめとする訪日代表団は日本で熱烈な歓迎を受けました。この

日、訪日代表団は、日中友好協会の招待でその宴会に出席しました。団長の章さんと協会の会長の鳴海さんはそれぞれすばらしいスピーチを披露してくれ、宴会はなごやかな雰囲気の中で行われました。

　もし、この宴会に出席したのがみなさんだったら、その場でどのように行動しますか。

新出言葉

③ジントニック	（名）	杜松子酒（鸡尾酒的一种）
⓪水割り（みずわり）	（名・他サ）	兑水的威士忌
⓪打撃（だげき）	（名）	打击，损害，冲击
⓪業績（ぎょうせき）	（名）	业绩
④持ち直す（もちなおす）	（自五）	恢复原状，好转，见好
⓪横好き（よこずき）	（名）	（对专业以外的事物的）爱好
下手の横好き		很爱好但搞不好
②手合わせ（てあわせ）	（名・自サ）	对局，比赛
①音頭（おんど）	（名）	带头干杯
③痺れる（しびれる）	（自下一）	麻木
①サーモン	（名）	大马哈鱼
～がかる	（接尾五）	接名词下，表示近似，类似，带～的样子
⓪マグロ	（名）	金枪鱼

練 習 問 題

[問1]ある企業の求人に応募メールを送り、応募企業から返信がきた。それに対する返信はいつまでが理想的か。

A. 翌日まで　　　B. 3日以内　　　C. 1週間以内

ヒント　…面接希望者は他にもいるので、返信は早めが吉です。

[問2]面接日時の調整のため、担当者に電話を掛けることになった。担当者への電話はいつ掛けるのが理想的か。

A. 昼休み　　　　B. 終業間際　　　C. 上記以外の通常業務時間内

ヒント　…昼休みや終業間際といった時間帯は、担当の方が外出、または退社してしまう可能性があります。常に相手のことを考えて行動しましょう。

[問3]面接担当者に携帯電話から電話を掛けたが、携帯電話の電波がとぎれてしまい切れてしまった。この場合、どちらがかけ直すべきか。

A. 面接担当者　　B. あなた

ヒント　…用件がある方がかけ直すのが常識です。

[問4]面接のアポイントが入っていたが、他の企業から内定をもらった。さて、あなたは?

A. 至急、行けなくなったことを伝える

B. 落ち着いたら連絡する

C. もう関係ないので、そのままにしておく

ヒント　…企業はあなたとの面接のために、通常の仕事の時間を割いています。相手のことを思いやることもビジネスマナーのひとつです。

[問5]職務経歴書はできるだけ箇条書きで簡潔に書く。

A. ○　　　　　　B. ×

ヒント　…極端に少ないのも問題ですが、だらだらと長い文章は読みにくいことこの上なく、かえって逆効果です。あなたのプレゼン能力も問われています。

[問6]企業とのやり取りのメールは用件だけ伝えればよいので、挨拶文などは省いてもよい。

A. ○　　　　　B. ×

ヒント　…友人同士でメールしているわけではないので、最低限の挨拶を入れるのは常識です。メールの印象がそのままあなた自身の印象に関係しているといっても過言ではありません。

[問7]近頃ブロードバンドが普及してきているが、添付ファイルはなるべく圧縮する。

A. ○　　　　　B. ×

ヒント　…添付ファイルは軽いに越したことはありません。また、あまりに重くなってしまう場合は相手に一言その旨を伝えましょう。

[問8]自身のアピールになるならば、アルバイト経験も職務経歴書に入れてよい。

A. ○　　　　　B. ×

ヒント　…アルバイトだとしても、応募企業で必要とする経験があれば、職務経歴書に入れても問題はないでしょう。

[問9]修正液や、二重線で訂正してある履歴書と職務経歴書を提出した。

A. ○　　　　　B. ×

ヒント　…履歴書はあなたの分身といっても過言ではありません。初めて会う面接担当者は、その修正された履歴書もひとつの採用要素として見ているわけですから、読んでもらうことを第一に考えた履歴書作りをしましょう。

[問10]職務経歴書では、自分をアピールするために出来るだけ専門用語を使うほうがよい。

A. ○　　　　　B. ×

ヒント　…職務経歴書は相手に十分理解もらえるように分かりやすく書きましょう。

[問11]約束の時間に10分遅れそうになった。さて、あなたは?

A. 行くのをやめる

B. 遅れてしまうと分かった時点で連絡してわびる

C. 電話することでもっと遅れるので連絡を入れない

ヒント　…遅れるという報告が早ければ、相手も対処しやすいでしょう。相手を待たせるようなことは避けましょう。

[問12]面接先でコートは、いつ脱ぐのがよいか。

A. 訪問先に入る前

B. 席に着く直前

C. 担当者と会話をしながら

ヒント …コートは訪問先の方に会うときに着ていると失礼にあたります。

[問 13]面接会場に案内され、上座を指して「どうぞ」と言われたので、言われた通り上座に座った。

A. ○　　　　　B. ×

ヒント …通常、自分がへりくだる意味でも下座に座るのが常識とされていますが、案内され、「どうぞ」と言われた場合はその指示に従うのがいいでしょう。※ちなみに上座（かみざ）とは地位の高い人やお客が座る座席で、下座（しもざ）とは目下の人が座る座席です。

[問 14]面接担当者が面接会場に入って来た。さて、あなたは?

A. その場で軽いお辞儀をする

B. 立ち上がって自分の名前と挨拶を述べる

C. 担当者ではないかもしれないので相手が何か言うまで待つ

ヒント …初めて会う人に自分がどういう風に接したら相手に好印象を与えられるかを考えましょう。たとえ相手が担当者でなかったとしても同じ事です。

[問 15]面接当日、特に指定がなかったので、私服で行った。

A. ○　　　　　B. ×

ヒント …常に相手にどう見られるかということを考えることは大事です。

[問 16]面接当日、約束の時間の何分前に訪問するのが理想的か。

A. 30 分前　　　B. 5 分前　　　C. 面接開始ぎりぎり

ヒント …相手も忙しいということ、そして相手に「本当に来るのかな?」と不安にさせないようにすることを考慮すれば自ずと答えはわかるはずです。

[問 17]面接官に「何か質問はありますか?」と聞かれても質問しないほうがよい。

A. ○　　　　　B. ×

ヒント …質問することは自分にとっても有意義な情報収集になり、面接官からも好印象を持たれます。質問されるだけが面接ではありません。

[問 18]たとえ面接中であっても、いつ大事な電話が掛かってくるか分からないのだから、携帯電話の電源は切らないほうがよい。

A. ○　　　　　B. ×

ヒント …ビジネスマナー以前の問題です。面接を受けるということが、どういうことなのかもう一度考えましょう。

[問19]面接官の質問の意味がよく分からなかったとしても、聞き返すのは失礼である。
A. 〇　　　　　　B. ×

ヒント　…聞き返すことは全く失礼ではありません。面接官の質問をよく理解し、的を射た答えを心がけましょう。

[問20]面接は自分をアピールする場なので、出来るだけ長く話すほうがよい。
A. 〇　　　　　　B. ×

ヒント　…あなたのプレゼン能力も問われています。簡潔にわかりやすく話しましょう。

[問21]先方の携帯に電話を掛けた。「はい、もしもし」と電話口に出たので、先方の状況を確認せず、早速、本題に入った。
A. 〇　　　　　　B. ×

ヒント　…先方が話せる状態かどうか確認することを怠らないようにしましょう。

[問22]遅刻をしてしまって出社したので、何も言わず直ぐ仕事に取り掛かった。
A. 〇　　　　　　B. ×

ヒント　…どんな些細なことであれ、報告することを忘れないようにしましょう。報告・連絡・相談のホウレンソウは社会人なら常識です。

[問23]転職を考え、退職する際に会社に報告すべき適切なタイミングは?
A. 一ヶ月前　　　B. 一週間前　　　C. 前日

ヒント　…業務の引継ぎ等、すべきことはたくさんあります。とにかく余裕を持ってスケジュールをたてましょう。法律では最低2週間前に退職を伝えれば、問題ありません。

[問24]ちょっとした用事で外出することになったが、すぐ戻るつもりだったので、そのまま出掛けた。
A. 〇　　　　　　B. ×

ヒント　…どんな些細なことであれ、報告することを忘れないようにしましょう。報告・連絡・相談のホウレンソウは社会人なら常識です。

[問25]私用で会社を休むことにした。会社に報告すべき適切なタイミングは?
A. 当日、旅行に行くことを伝える
B. 仕事が忙しくなる前に伝えておく
C. 旅行に行くのは私の権利だ!と何も伝えない

ヒント　…あなた一人の会社ではないので、余裕を持ってスケジュールをたてましょう。

[問 26] 会社から支給されたEメールアドレスを私用につかうのは避けるべきだ。

A. ○ B. ×

ヒント …業務に関連のないことに使用することはマナー違反です。それだけでなく、会社の名前を背負っていることを忘れないようにしましょう。

[問 27] 自宅で仕事をするために会社のMicrosoftオフィスソフトを自宅のパソコンにインストールした。

A. ○ B. ×

ヒント …ソフトウェアには著作権というものが存在します。著作権侵害は法律違反であり、この場合民事上、刑事上の責任を問われます。それにより、個人の責任だけでなく、組織全体の責任を問われることにもなりかねないため、会社の信用などを失うことにもなります。

[問 28] 相手にメールを送るときのタイトルは、内容に関係なく、いつも同じタイトルにするとよい。

A. ○ B. ×

ヒント …内容が容易に想像つくタイトルにしましょう。

[問 29] AさんとAさんの上司 Bさんとで、ある会社を訪ねた。 先方の課長とその部下に名刺交換をする際、部下であるAさんから先に先方の課長と名刺交換をした。

A. ○ B. ×

ヒント …最初は、上司どうし、部下どうしで名刺を交換します。全体の責任を問われることにもなりかねないため、会社の信用などを失うことにもなります。

[問 30] 交換した名刺の読み方がわからなったので、その場で聞いた。

A. ○ B. ×

ヒント …その場で確認をすることは失礼にあたりません。後日間違えてしまう方がかえって失礼でしょう。

練習の答え

[問 1] 答えは　A

解説　…面接希望者は他にもいるので、返信は早めが吉です。

[問 2] 答えは　C

解説　…昼休みや終業間際といった時間帯は、担当の方が外出、または退社してしまう可能性があります。常に相手のことを考えて行動しましょう。

[問 3] 答えは　B

解説　…用件がある方がかけ直すのが常識です。

[問 4] 答えは　A

解説　…企業はあなたとの面接のために、通常の仕事の時間を割いています。相手のことを思いやることもビジネスマナーのひとつです。

[問 5] 答えは　A

解説　…極端に少ないのも問題ですが、だらだらと長い文章は読みにくいことこの上なく、かえって逆効果です。あなたのプレゼン能力も問われています。

[問 6] 答えは　B

解説　…友人同士でメールしているわけではないので、最低限の挨拶を入れるのは常識です。メールの印象がそのままあなた自身の印象に関係しているといっても過言ではありません。

[問 7] 答えは　A

解説　…添付ファイルは軽いに越したことはありません。また、あまりに重くなってしまう場合は相手に一言その旨を伝えましょう。

[問 8] 答えは　A

解説　…アルバイトだとしても、応募企業で必要とする経験があれば、職務経歴書に入れても問題はないでしょう。

[問 9] 答えは　B

解説　…履歴書はあなたの分身といっても過言ではありません。初めて会う面接担当者は、その修正された履歴書もひとつの採用要素として見ているわけですから、読んでもらうことを第一に考えた履歴書作りをしましょう。

[問 10] 答えは　B

解説　…職務経歴書は相手に十分理解もらえるように分かりやすく書きましょう。

[問11] 答えは　B

解説　…遅れるという報告が早ければ、相手も対処しやすいでしょう。相手を待たせるようなことは避けましょう。

[問12] 答えは　A

解説　…コートは訪問先の方に会うときに着ていると失礼にあたります。

[問13] 答えは　A

解説　…通常、自分がへりくだる意味でも下座に座るのが常識とされていますが、案内され、「どうぞ」と言われた場合はその指示に従うのがいいでしょう。※ちなみに上座（かみざ）とは地位の高い人やお客が座る座席で、下座（しもざ）とは目下の人が座る座席です。

[問14] 答えは　B

解説　…初めて会う人に自分がどういう風に接したら相手に好印象を与えられるかを考えましょう。たとえ相手が担当者でなかったとしても同じ事です。

[問15] 答えは　B

解説　…常に相手にどう見られるかということを考えることは大事です。

[問16] 答えは　B

解説　…相手も忙しいということ、そして相手に「本当に来るのかな?」と不安にさせないようにすることを考慮すれば自ずと答えはわかるはずです。

[問17] 答えは　B

解説　…質問することは自分にとっても有意義な情報収集になり、面接官からも好印象を持たれます。質問されるだけが面接ではありません。

[問18] 答えは　B

解説　…ビジネスマナー以前の問題です。面接を受けるということが、どういうことなのかもう一度考えましょう。

[問19] 答えは　B

解説　…聞き返すことは全く失礼ではありません。面接官の質問をよく理解し、的を射た答えを心がけましょう。

[問20] 答えは　B

解説　…あなたのプレゼン能力も問われています。簡潔にわかりやすく話しましょう。

[問21] 答えは　B

解説　…先方が話せる状態かどうか確認することを怠らないようにしましょう。

[問22] 答えは　B

解説　…どんな些細なことであれ、報告することを忘れないようにしましょう。報告・連絡・相談のホウレンソウは社会人なら常識です。

[問23] 答えは　A

解説　…業務の引継ぎ等、すべきことはたくさんあります。とにかく余裕を持ってスケジュールをたてましょう。法律では最低2週間前に退職を伝えれば、問題ありません。

［問 24］答えは　B

解説　…どんな些細なことであれ、報告することを忘れないようにしましょう。報告・連絡・相談のホウレンソウは社会人なら常識です。

［問 25］答えは　B

解説　…あなた一人の会社ではないので、余裕を持ってスケジュールをたてましょう。

［問 26］答えは　A

解説　…業務に関連のないことに使用することはマナー違反です。それだけでなく、会社の名前を背負っていることを忘れないようにしましょう。

［問 27］答えは　B

解説　…ソフトウェアには著作権というものが存在します。著作権侵害は法律違反であり、この場合民事上、刑事上の責任を問われます。それにより、個人の責任だけでなく、組織全体の責任を問われることにもなりかねないため、会社の信用などを失うことにもなります。

［問 28］答えは　B

解説　…内容が容易に想像つくタイトルにしましょう。

［問 29］答えは　B

解説　…最初は、上司どうし、部下どうしで名刺を交換します。全体の責任を問われることにもなりかねないため、会社の信用などを失うことにもなります。

［問 30］答えは　A

解説　…その場で確認をすることは失礼にあたりません。後日間違えてしまう方がかえって失礼でしょう。

参考书目

1 金丸健二．いちばん役立つビジネス中国語会話．東京：池田書店，2004.3
2 張乃方．実習ビジネス中国語　商談編．東京：白水社，1987.10
3 井上洋子．実社会で求められるビジネスマナー．東京：専門教育，2003.3
4 日米会話学院日本語研修所．日本語でビジネス会話—中級編—．東京：凡人社，1987
5 楢本総子．宮谷敦美．聞いて覚える話し方日本語生中継・中～上級編．東京：くろしお出版，2004.2
6 富阪容子著．宋锦绣译．流畅日语会话．大连：大连理工大学出版社，2000.1.
7 范崇寅．经贸日语．大连：大连理工大学出版社，1999.1
8 吴侃．旅游接待实用日语会话．上海：同济大学出版社，2002.3
9 郑萍．黄明亮．久富木幸子．宾馆日语．上海：上海外语教育出版社，1996.2
10 周林娟．白领日语大全．上海：上海科学技术文献出版社，1998.5

参考书目

1. ......にたちのなか立つニホン文中国語会話　曾根　池田書店, 2004.3
2. ......日本語言語　高瀬......南京, 白水社, 1993.10
3. 水上......日本センター　東京大門出版局, 2003.3
4. 日本......日本語学習辞典　日本語......ニホン......中国語......1987
5. ......出版, 2004.2
6. ......大連理工大学出版社, 2000.1
7. ......大連理工大学出版社, 1999.7
8. ......同済大学出版社, 2002.3
9. ......上海外語教育出版社, 1996.2
10. ......上海外語教育文献出版社, 1998.5